町奉行内与力奮闘記二

他人の懐

上 田 秀 人

町奉行内与力奮闘記二

他人の懐

目次

●江戸幕府の職制における江戸町奉行の位置

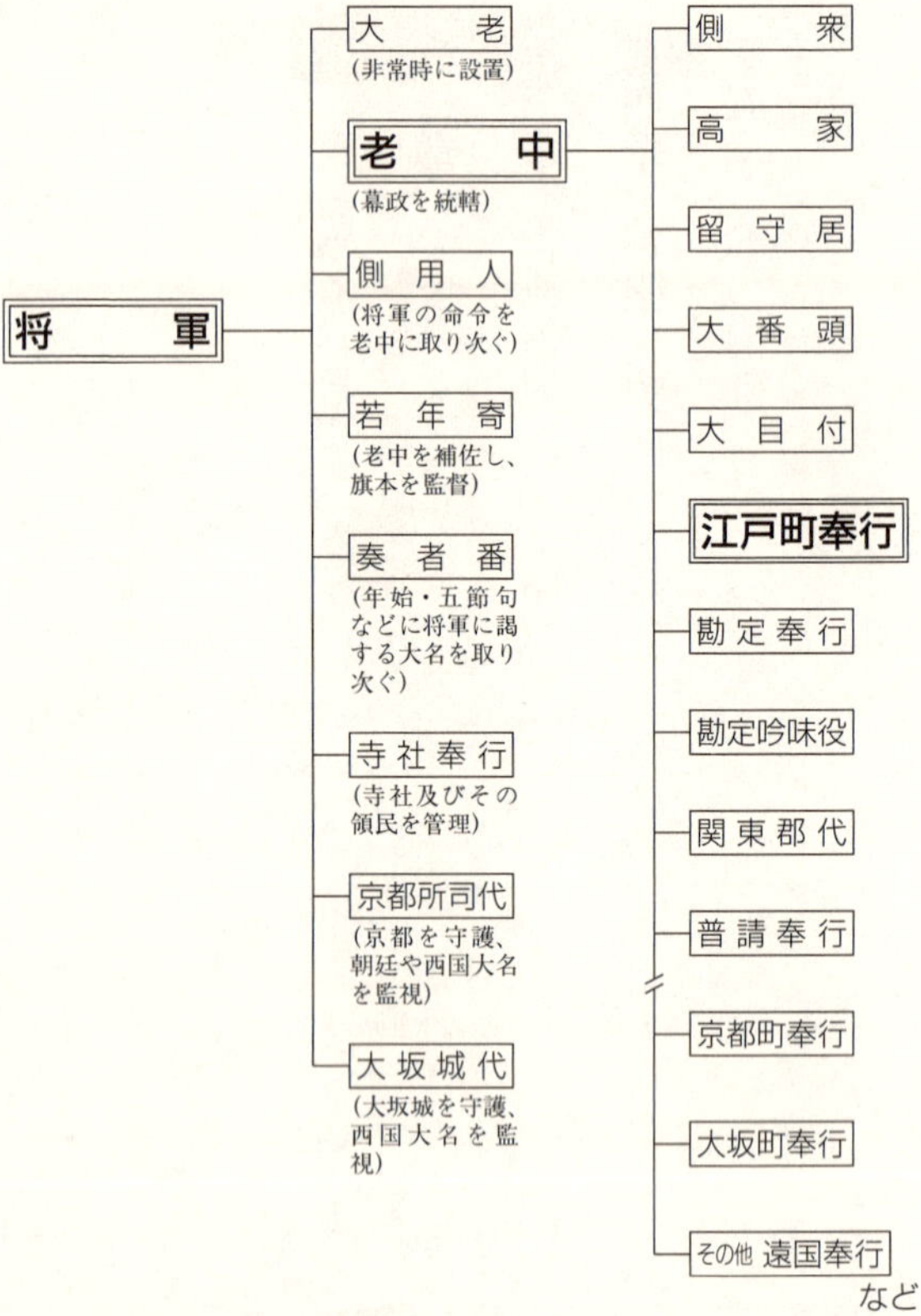

※江戸町奉行の職権は強大。花形の役職ゆえに、その席はたえず狙われており、失策を犯せば左遷、解任の可能性も。

●内与力は究極の板挟みの苦労を味わう！

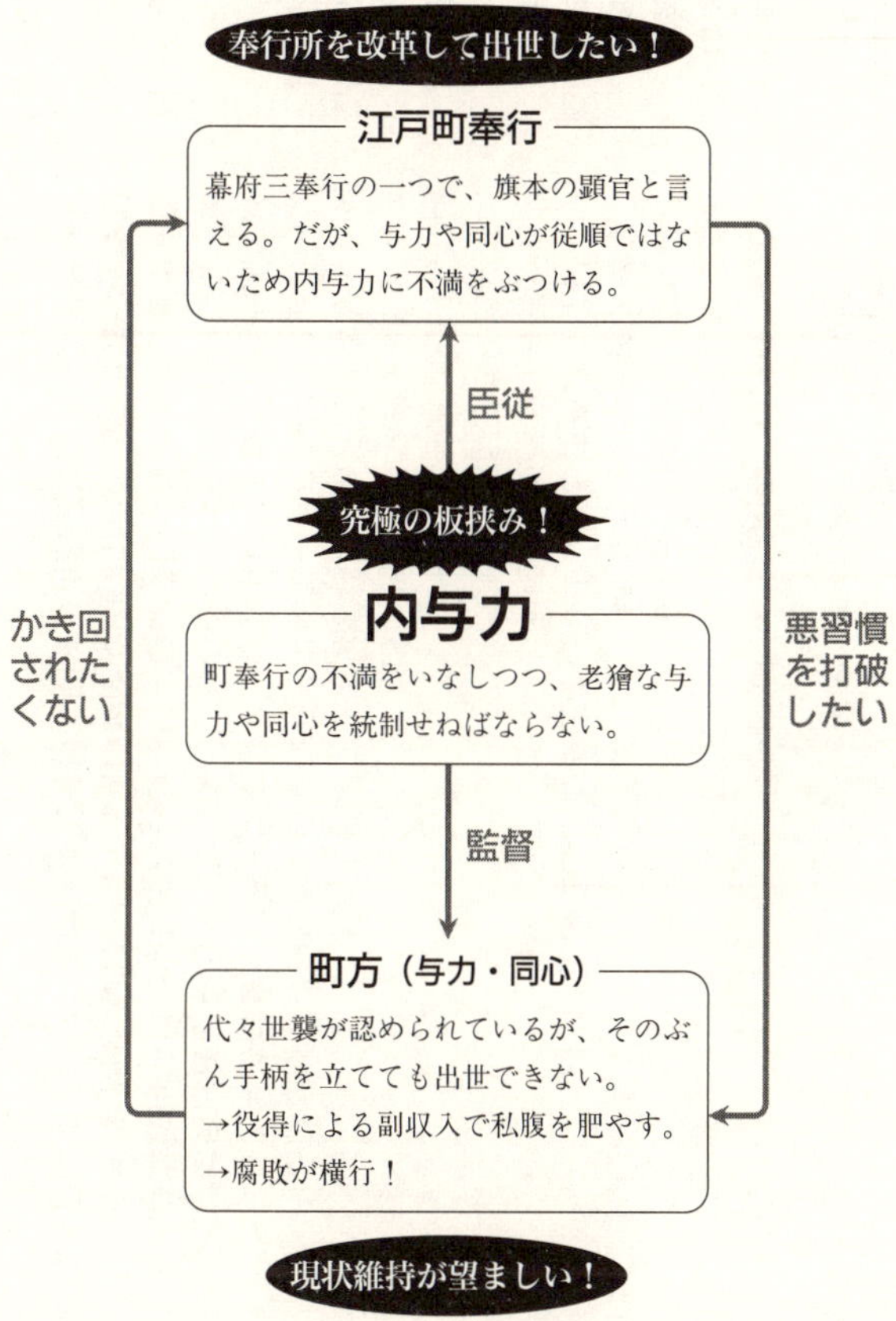

奉行所を改革して出世したい！
江戸町奉行
幕府三奉行の一つで、旗本の顕官と言える。だが、与力や同心が従順ではないため内与力に不満をぶつける。
臣従
究極の板挟み！
内与力
町奉行の不満をいなしつつ、老獪な与力や同心を統制せねばならない。
監督
かき回されたくない
悪習慣を打破したい
町方（与力・同心）
代々世襲が認められているが、そのぶん手柄を立てても出世できない。
→役得による副収入で私腹を肥やす。
→腐敗が横行！
現状維持が望ましい！

【主要登場人物】

城見亨　本書の主人公。曲淵甲斐守の家臣。二十四歳と若輩ながら内与力に任ぜられ、忠義と正義の狭間で揺れる日々を過ごす。一刀流の遣い手でもある。

曲淵甲斐守景漸　四十五歳の若さで幕府三奉行の一つである江戸町奉行を任せられた能吏。厳格なだけでなく柔軟にものごとに対応できるが、そのぶん出世欲も旺盛。

西咲江　大坂西町奉行所諸色方同心西二之介の長女。歯に衣着せぬ発言が魅力の上方娘。

西海屋得兵衛　咲江の祖父。江戸にも出店を持つほど繁盛している海産物問屋の主。

松平周防守康福　老中。譜代名門大名として順調な出世を重ねている。

竹林一栄　江戸北町奉行所吟味方*筆頭与力。

左中居作吾　江戸北町奉行所年番方*与力。

神山元太郎　江戸北町奉行所臨時廻り同心。

早坂甚左　江戸北町奉行所隠密廻り同心。

松平伊賀守忠順　寺社奉行。富くじの余得絡みのもめ事で曲淵甲斐守と対立。

寺山石見　寺社奉行松平伊賀守の大検使。

江坂言太郎　寺社奉行松平伊賀守の小検使。

山本屋芳右衛門　吉原開設以来の歴史ある名見世・卍屋の主。

三浦屋四郎右衛門　吉原一とうたわれる名見世・三浦屋の主。

*吟味方与力　白州に出される前の罪人の取り調べなどを担当する。
*年番方与力　奉行所内の実務全般を取り仕切る。

第一章　富くじ日和

一

谷中《やなか》の感応寺《かんのうじ》に人が溢《あふ》れていた。

「第一番、突きましょうぞ」

柄の長い錐《きり》のようなものを手にした裃《かみしも》姿の男が大声を張りあげた。

「やってくれ」

「こいよ、松の二千五百五十一番」

集まっていた群衆が一層興奮した。

「えいやっ」

裃姿の男が、錐を横に置かれていた三尺（約九十センチメートル）四方の杉箱の横穴へと突き入れた。

「………」

わざとしばらくおいて、無言で裃姿の男が錐を抜き出した。その先に一枚の小さな木札が刺さっていた。

木札に控えていた稚児が手を伸ばした。途端に、あれだけ口々に騒いでいた群衆が静まりかえった。

「第一番、竹の八百五十四番。竹の八百五十四番」

木札を錐から抜いた稚児が甲高い声を張りあげた。

「わあああ」

「ちくしょおお」

聞き入っていた群衆たちが爆発した。

「お当たりの方は、後ほど本堂脇の勧進元までお出でくだされ。続いて第二番くじ」

一段高い本堂縁側に立っていた老齢の男が述べた。

「第二番……」

延々と同じ光景が繰り返された。

二刻《ふたとき》（約四時間）ほど経って、九十九番まで終わった。

「おい」

老齢の勧進元が脇に控えていた男に合図をした。

「へい」

首肯した男が、持っていた桴《ばち》を勢いよく振りあげて太鼓を叩《たた》いた。重い音が、境内を支配し、ざわついていた群衆が口を閉じ始める。

「……これより」

皆の注目が集まっていることを確認した勧進元が、厳かな雰囲気を醸し出しながら口を開いた。

「突き止め。百番くじをおこないまする」

勧進元の宣言に、群衆がじっと待った。

「百番くじ、当たり千両」

「おおおおお」

「当たれえええ」

勧進元の言葉に、群衆が爆発した。

「百番。突きましょう」

錐を持った裃姿の男が、皆に見えるよう、一度錐を高く上げた。

「えいやっ」

気合いとともに、錐が突き入れられ、ゆっくりと引き出された。当然のごとく、錐の先には小さな木札が付いていた。

「…………」

稚児が震えながら、木札を手にした。

「頼むっ」

「弁天さま、観音さま、布袋さま、戎《えびす》さま、あっしに福を」

群衆が手を合わせて一斉に祈り始めた。

「第百番……」

稚児が声を発するなり、水を打ったように群衆が鎮まった。

「松の二百十一番、松の二百十一番」

高らかに稚児が読みあげた。

「…………」

一瞬、間が空いた。

「はずれたあああ」

「まちがいないか。読みちがいだろう。梅の八十七番だよなあ。本当は」

「当たった奴はどこだあ」

あっという間に、境内が騒然とした。

「当たりくじをお持ちの御仁は、勧進役までお出でくださいませ。本日の富くじはこれまでといたしまする。次回は三カ月後、感応寺壁面修理勧進でございまする。突きくじは百。留めの百番は百両でございまする。くじは一枚十匁《もんめ》、富札屋でお買い求めを願いまする」

勧進元が締めの挨拶をした。

今回のくじは半年に一度だけの千両富であり、次回からは百両の通常富になる。

「伊藤さま、ご出座いただきありがとうございました」

上座で床机《しょうぎ》に腰掛けていた武家に勧進元が頭を下げた。

「うむ。委細、支障《さしさわり》なかったと認める」

伊藤と呼ばれた武家が、鷹揚にうなずいた。

「かたじけのうございました。どうぞ、こちらでお休息を」

勧進元が伊藤を本堂のなかへと誘った。

「なにもございませんが」

なかには膳が用意されていた。

「喉をお湿しくださいませ」

片口を勧進元が持ちあげて、伊藤の盃に酒を注いだ。

「ちょうど喉が渇いていた。いただこう」

伊藤が盃を呷《あお》った。

「お箸を」

「うむ」

遠慮なく伊藤が、膳の上のものに箸を伸ばした。

「勧進元」

そこへ若い男が小腰をかがめて近づいた。

「来たか。わかった」

うなずいた勧進元が、伊藤に顔を向けた。

「当たりくじを買った者が来たようでございまする。しばし、中座をさせていただきまする」

「ああ」

伊藤が認めた。

「おい、お願いしますよ」

勧進元が、少し離れたところにいた芸妓《げいぎ》に指示した。場所が場所である。谷中芸者として知られた芸妓だったが、仕事着ではなく町娘のようななりをしていた。

「あい」

町娘にしては艶のありすぎるしなを見せながら、芸妓が伊藤の隣へ移った。

「殿さま、どうぞ」

商家に対しては旦那、武家に対しては殿、こう呼んでおけば問題はない。芸妓が片口を掲げた。

「もらおう」

頬を緩めながら、盃を差し出す伊藤を見ながら、勧進元は本堂から出た。

「おまえさんかい」

本堂の裏側で世話役と喋《しゃべ》っている若い町人に、勧進元が声をかけた。

「へ、へい」

若い町人が興奮を抑えきれない紅潮した顔でうなずいた。

「札を見せてもらおう」

「これで……」

震える手で差し出された札を、勧進元があらためた。

「番号はまちがいないね……」

そっと札を裏返した勧進元が、背面に入れられた焼き印を確認した。偽物を摑《つか》まされないよう焼き印には一目では気づけない細工がされていた。

「元帳を」

「これで」

世話役が勧進元の要求に合わせて、大きな紙の綴りを出した。すでに開かれており、そこには百番くじの売買のときに使われた割り印が残っていた。

「……本物だね」

元帳とくじ札の割り印を合わせて勧進元が首を縦に振った。これも偽造を防ぐためであった。

富くじはときによって千両という金になる。当たり前だが、偽造を考える輩《やから》は多い。それを防ぐために色々な手段が講じられていた。また交換の期日も短く定められていた。長い間交換できるようにしておくと、本物そっくりな偽造札を作り出す奴が出た。

「たしかに」

勧進元が若い町人を見た。

「金は今日持って帰るかい」

「そ、その前に金を見せておくんなさい」

問われた若い町人が願った。

「いいよ。おい」

勧進元が顎《あご》を振ると、世話役の後に控えていた若い男二人が、大きな木箱を出してきた。

「ご覧な」

「……こ、これが千両」

二十五両で纏《まと》められた金包みが、四十個並んでいた。

「全部、あっしのもの……」

若い男が唾を呑《の》んだ。

一カ月一両あれば、そこそこの生活ができる。千両あれば生涯を賄《まかな》える。まさに大金であった。

「あいにくだが、全部じゃないよ」

「へっ……」

千両に見とれていた若い男が間抜けな声を出した。

「感応寺さまの修理勧進だよ。なにをおいてもそちらに寄進しなきゃならないだろう」

「はあ……」

若い男が気のない相づちを打った。普請の費用は、くじの売り上げから出される。当たり金から出すのはみょうな話ではあるが、寄進を断るのは難しい。

「つぎに富くじを突いたことで、木札に穴が開くなどいろいろな破損が出た。この修繕費用を負担してもらう。これが百両。あと、世話代として五十両、それと金を家まで運ぶなら、その男衆への祝儀もある」

「えっと、結局、いくらもらえるので」

「七百両というとこだな」

「……三百両も減らされるなんて……」

若い男が血相を変えた。

「決まりごとだ。嫌なら、くじを無効にして、もう一度突き直すだけだ」

「うっ……」

勧進元に冷たく言われた若い男が詰まった。

「……わかりやした」

若い男があきらめるのにときは要らなかった。目の前に金が置かれているのだ。それも一生涯見ることのできないほどの大金である。無にできる者などいない。

「おい、二人ほどついていってやりな。ああ、わかっているだろうけど、表門は人だかりがあるから、裏口からだぞ」

そう言って勧進元は、金包み十二個を箱から取りあげた。

「あっ……」

惜しそうに手を伸ばす若い男を無視して、勧進元は本堂へと戻った。

富くじは寺社にのみ許された特権であった。つまり、寺社奉行の管轄になる。町《まち》方《かた》はかかわりないが、無視はできなかった。

「終わったようだな。気を付けておけよ。くじに当たって浮かれた奴の懐を狙う掏《す》摸《り》が出るぞ」

谷中感応寺門前で、北町奉行所の臨時廻り同心神山元太郎《かみやまげんたろう》が、配下の十手持ちに注意を促した。

「合点で」

御用聞きがうなずいた。

「……あれは、剃刀《かみそり》の与助じゃねえか」

神山元太郎が、ぞろぞろと出てきた群衆のなかの一人に目をつけた。剃刀の刃だけを指の間に挟み、それで獲物の衣服を裂いて懐中物を奪う名の知れた掏摸であった。

臨時廻り同心は、定町廻り同心を長く勤めあげた練達の者が任じられ、縄張りにかかわりなく出張ることができた。名の知れた掏摸や盗賊の顔を覚えるくらいは、朝飯前であった。

「猫」

「へい」

呼ばれた御用聞きが、剃刀の与助へと近づいていった。

「……ちっ」

人の流れに逆らって向かってくる御用聞きに気づいた剃刀の与助が舌打ちした。

「掏摸だあ」

突然、わめき声が響いた。

「どこだっ」

さっと神山元太郎が目を走らせた。

「あそこだ。あの女を捕まえろ」

「…………」

無言で別の御用聞きが走っていった。

この日、神山元太郎は、二人の掏摸を捕まえた。

「お手柄だの」

入牢証文を取りに顔を出した神山元太郎に、年番方与力《よりき》左中居《さなかい》作吾《さくご》が笑いかけた。

「剃刀の与助を逃がしましたので、あまり誇れたものではございませぬ」

神山元太郎が首を横に振った。

「大物だが、仕方あるまい。掏摸はその現場を見るか、現品を持っていないと捕縛できぬ決まり。仕事をさせなかっただけでも見事ぞ」

左中居作吾がもう一度褒めた。

「……今回も寺社は」

入牢証文を書きながら、左中居作吾が訊《き》いた。

「はい。姿さえございませなんだ」

神山元太郎が頬をゆがめた。

「富くじの上がりを掠《かす》めるくせに、掏摸の取り締まりをせぬとはな。門前町は寺社奉行の管轄でもあるのに」

左中居作吾があきれた。

寺社奉行と町奉行では管轄がちがった。町方は寺社に手出しできない決まりとなっていた。ただ門前町だけはあいまいであった。門前町に住んでいる、あるいは店を構えている者は皆町人である。一応、形式としては門前町は寺社奉行の支配を受けるが、寺社奉行に捕り方はいない。寺社奉行は大名役で、奉行所も人員も、担当した大名から出る。当たり前のことだが、捕り方を不浄職と考える武家なのだ。町方ほどの人員もなく、やる気などまったくない。これでは門前町は無頼の思うがままになる。被害を受ける町人からの嘆願、もめ事が起こることで自らの能力に傷が付きかねない寺社奉行の思惑などもあり、門前町での仕切をあいまいにし、町方も手出しできるようになっていた。

「寺社に掏摸の相手ができるはずもありませぬ。寺社の役人は所詮田舎侍《しょせんいなかざむらい》でございますれば」

神山元太郎が寺社を軽んじた。

「たしかにそうだがな。それならば富くじの利も欲しがらねばよい」

左中居作吾が断じた。

「できたぞ。伊豆の桂次《けいじ》は三度目の捕縛。被害も十両をこえた。お仕置きになる。小伝馬町《こでんまちよう》にはその旨、伝えておくように」

十両盗めば首が飛ぶのは決まりであった。これは一度で十両をこえればという意味だけではなく、積算も含まれていた。

「わかりましてございまする」

神山元太郎が入牢証文を受け取った。

町奉行所の実務は年番方与力が取り仕切る。ただ筆頭としてもっとも格が高いとされるのは吟味方《ぎんみかた》与力であった。

「竹林《たけばやし》さま」

神山元太郎を去らせた左中居作吾は、筆頭与力の竹林一栄《かずえ》を訪ねた。

「元太郎が手柄だそうだが、死罪は面倒だの」

廻り方同心を支配する吟味方与力だけに、竹林一栄はすでに状況を把握していた。

「お奉行を通じて、奥右筆《おくゆうひつ》へ書付をあげていただかねばなりませぬ」

左中居作吾が同意した。

死罪は、老中の印が要った。そのための手続きはかなり煩雑であり、また忙しい老中はなかなか書付に取りかかってくれない。死罪と決まってから、実際に首を斬られるまではけっこうときが要った。

「ところで筆頭どの」

「なんじゃ、左中居」

声をひそめた左中居作吾に、竹林一栄が応じた。

「富くじのことでございますが、なんとか町方にもらえぬものでしょうや。雑踏の警固に出張るばかりで、うまみがまったくないのは、理不尽でございましょう」

「おぬしの言うのも無理はないな。同心へ手当はやらずともよいが、臨時に出張らせる手下どもには小遣いをくれてやらねばならぬ。手弁当では辛いか」

左中居作吾の不満を竹林一栄も認めた。

「だが、富くじは寺社だけに許された特権じゃ。町方への移管は難しかろう」

竹林一栄が腕を組んだ。

「公式なものでなくともよろしゅうございまする。どうせ、寺社にはいくばくかの謝礼が出ておりましょう」

「そうだの。勧進元と話をしてみるだけの価値はあるな」

左中居作吾の提案に竹林一栄が乗った。

「できれば……」

ちらと左中居作吾が、与力控の奥へと目をやった。

「お奉行に知られぬようにだな」

「そのほうが、なにかと都合よろしゅうございましょう」

左中居作吾がうなずいた。

「町方は金食い虫じゃでな。手下どもの面倒は見てやらねばならぬ。町人どもに侮られぬよう、身ぎれいにせねばならぬ。商人どもとのつきあいもある」

「とても二百石では賄いきれませぬ」

竹林一栄の愚痴に、左中居作吾もつきあった。

町方与力は南と北合わせて五十騎いた。そしてその禄《ろく》として上総《かずさ》、下総《しもうさ》に合わせて一万石が与えられていた。役目を継いでからの年数、役職によって禄は上下したが、おおむね一人あたり二百石が給された。

「谷中感応寺の富くじを仕切っているのは誰だ」

「鶯谷《うぐいすだに》の鴨兵衛《かもべえ》という香具師《やし》でございまする」

「ふざけた名前だが、千両富くじを差配するだけの力を持っているのだな。甘くはなさそうだ」

聞いた竹林一栄が表情を引き締めた。

「儂《わし》が出向こう」

自ら鶯谷の鴨兵衛と会うと竹林一栄が宣した。

二

北町奉行曲淵甲斐守景漸《まがりぶちかいのかみかげつぐ》の内与力に任じられた城見亨《しろみとおる》は、役宅に長屋を与えられた。北町奉行所と繋《つな》がった役宅は、三千石高の旗本屋敷には及ばないものの、十分な広さがあり、亨の長屋も門を構えた立派なものであった。

「出てくる」

「いってらっしゃいませ」

「お気を付けて」

夜明けとともに、亨は町奉行所へと出ていく。見送りは、家事全般を任せるために、実家から派遣されてきた女中と小者《こもの》であった。

「おはようございまする」

町奉行所に入った亨は、まず主である曲淵甲斐守のもとへと挨拶に出た。

「うむ」

すでに仕事を始めている曲淵甲斐守は、亨を見ることなく、書付に目を落としたまま、首を縦に振った。

「…………」

そこで亨は黙った。

内与力は、町奉行と町奉行所の連絡、連携をなめらかにするのが役目である。町奉行となった旗本の家臣から数名が選ばれ、その間は幕府から禄を受けた。

まだ若い亨には、内与力の任がどのようなものか、十分把握できておらず、なにをしていいのかわからない。

亨は曲淵甲斐守の指示を待った。

「……まだいたのか」

四半刻《しはんとき》（約三十分）ほど経って、ようやく書付を処理し終えた曲淵甲斐守が、顔をあげて亨に気づいた。

「なにか御用はございませぬか」

やっと気づいてもらえた。亨は、曲淵甲斐守に尋ねた。

「ない」

冷たく曲淵甲斐守が切り捨てた。

「………」

亨は戸惑った。

「内与力として、なにをすればいいか、わからぬならば訊いてこい」

曲淵甲斐守が告げた。

「どなたさまにお伺いすれば。筆頭与力どのでよろしゅうございましょうや」

「愚か者。筆頭与力に訊いてどうする。いや、一度尋ねてみるのもおもしろいか。儂は今から朝餉《あさげ》を摂る。その間に行ってこい」

曲淵甲斐守が手を振った。

「はあ」

主君の指示には逆らえない。亨は曲淵甲斐守の部屋を出て、与力控へと向かった。

「筆頭どの、おられるか」

「……城見どのか。お奉行からなにか」

声をかけた亨に、竹林一栄が問うた。

「いえ。一つお伺いいたしたいことがござる」

「はて、なんでござろう」

竹林一栄が質問を促した。

「では、遠慮なく」

これは礼儀であった。目上になにか尋ねたいことがあるときは、まず問うていいかどうかを確認しなければならなかった。

「内与力は、一体なにをいたせばよろしいので」

素直に亨は訊いた。

「……………」

一瞬、竹林一栄が亨の顔色を窺《うかが》った。

「……さようでござるな。内与力どのにお願いしたいのは、お奉行さまのお側《そば》で控えていただき、我らに御用の折、呼び出しにお出でくださるとありがたし」

少し考えた竹林一栄が言った。

「それだけでござるか」

亨が確認した。

「重要なお役目でございますぞ。お奉行さまのお側にあるということは、警固も担当していただくことになりまする。お奉行さまは重要なお役目、万一があってはたいへんでござる」

「まさに」

言われた亨は納得した。

「では、わたくしはこれから出かけなければなりませぬので。御免」

話は終わったと竹林一栄が腰をあげた。

「お手間を取らせました」

詫《わ》びて亨も与力控を後にした。

「訊いて参りました」

曲淵甲斐守のもとに戻って、亨は手をついた。

「どう申していた」

「竹林筆頭与力どのは、内与力とは町奉行の側にあって……」

亨は聞かされたとおりに報告した。

「はあぁ」

曲淵甲斐守が大きくため息を吐いた。

「わかっておるのか。町奉行に警固など不要である」

「そのようなことはございませぬ。悪人どもが殿のお命を狙っておるやも知れませぬ」

否定する曲淵甲斐守に、亨が反した。

「考えよ。どこの誰が、町奉行所に押し入るというのだ。江戸でもっとも多くの捕り方がここにはおるのだぞ」

「あっ……」

亨が小さな声をあげた。

「まったく、舐《な》められるにもほどがある」

「申しわけございませぬ」

がっくりと亨が肩を落とした。

「南町奉行所へ行け」

曲淵甲斐守が命じた。

「南町でございますか」

「そうだ。南町奉行の牧野大隅守《まきのおおすみのかみ》どのは、一年前から町奉行の任にある。当然のことだが、牧野大隅守どのの内与力も一年の経験がある。一年もやっていれば、内与力がなにをするべきかは、わかっているはずだ。そこで教えを請うてこい」

言い聞かせるように曲淵甲斐守が告げた。

「よろしいのでございまするか」

なにをしていいかわからないと牧野大隅守に教えることになる。それは相手に弱みを見せるも同然であった。

「わからぬことを訊くのは当然じゃ。先達が後輩に教えるのは役目である。それを笑いものにするとか、教えるのを嫌がるとか、できはせぬ」

「そういうものなのでございますか」

主君の話を亨は感心しながら聞くしかなかった。

「では、早速に」

一礼して、亨は立ちあがった。

南町奉行所は、呉服橋《ごふくばし》御門のなかにある。北町奉行所のある常盤橋《ときわばし》御門から、南町奉行所は、小半刻（約三十分）もかからなかった。

「御免」

南町奉行所役宅玄関で、亨は訪《おとな》いを入れた。

「どなたか」

「北町奉行所内与力城見亨でござる。ご多用中畏《おそ》れ入りまするが、内与力のどなたかにお目通りを願いたい」

亨は用件を告げた。

「北町の内与力どの。しばし、お待ちを」

門番がすぐに動いた。

「南町奉行牧野大隅守が家臣、太田《おおた》幾内《いくない》でござる」

壮年の武家が出てきた。

「どうぞ、こちらへ」

年齢では差があるとはいえ、身分は等しい。太田は亨を慇懃《いんぎん》な態度で、役宅内の小部屋へと案内した。

「客間は主へのお客人にしか使えませず……」

簡素な小部屋での話になったことを、太田が詫びた。

「いえ、前触れもいたさず参りましたことを申しわけなく思いまする」

亨も頭を下げた。

「で、わたくしどもにどのようなご用件でございましょう」

町奉行所に暇な者などいない。太田が用件を問うた。

「ご指導を願いたく参上いたしました。ご存じのとおり、我が主甲斐守、この度北町奉行の重責を上様より賜りましてございまする。それに伴い、主よりわたくしに内与力をいたせと命じられました。ただ、わたくしは若輩のうえ、浅学非才でございまする。内与力という役目がどのようなもので、なにをいたせばよいのか、先達の御貴殿からご教示をいただきたく」

一気に亨が口にした。

「内与力の職務でございますか……ふうむ」

太田が唸《うな》った。

「一言で表現するのは難しゅうござる。と申したところで、拙者もまだ一年しか内与力の役目をいたしておりませぬゆえ、さほどの経験があるわけではござらぬが……」

もう一度太田が思案した。

「細かいことは山ほどございまする。お奉行への面会の取次、書付の下調べから、茶やたばこの用意まで、町奉行の雑用一切が内与力の仕事」

「面会もございまするか」

「さよう。これがもっとも大変かも知れませぬ。町奉行の権がどれほどかご存じか」

「大坂町奉行とは違う……」

亨が訊いた。

「かなり違いまする。まず町民地のすべてを管轄いたしまする。犯罪人の探索、追捕、裁き、処断。火事の対処、強風の見廻り。訴人の受付、裁決。小石川療養所の監督、無宿人の管理。ものの値段の差配、米値の決定。人別の調査、確認、保管。町触れの伝達、周知、徹底」

「………」

並べられる役目の多さに、亨は言葉もなかった。

「以上ですべてではございませぬ。町奉行には、評定所への出務も課せられまする。その準備も内与力の任。他にも細かいものは山ほどござる」

「それは……」

亨はぞっとした。

「御貴殿はすべてを覚えておられる」

憧憬の眼差しで亨は太田を見た。

「まさか」

太田が手を振った。

「一人ですべてをこなせるはずはございませぬよ。どれもこれも町方役人たちが、ふるいにかけてくれまする。面会だと、会っていい者だけが選別され、その者がなにをお奉行に話すかなどをあらかじめ教えてくれまする。おかげでこちらは安心して対応できるのでござる」

そんなに心配することではないと、太田が言った。

「それ以外も同じでござるよ。年番方や例繰り方が、きっちりと準備を整えてくれますゆえ、我々はそれに従っていけば、なんの問題も起きませぬ」

町方役人に任せればいいと太田が述べた。

「はあ。そういうものでございますか」

亨は気抜けした。

「お役に立てもうしたかの」

「かたじけのうございました」

用がすんだならば帰れという意味と受け取った亨は、礼をして南町奉行所を出た。

「……要はなにもしなくていいと」

常盤橋御門へと向かいながら、亨は腑に落ちないものを感じていた。

町奉行は四つ（午前十時ごろ）までに登城し、上司である老中の指示を受けたり報告をしたり、勘定奉行や目付などかかわりのある役職との打ち合わせをすませ、八つ（午後二時ごろ）すぎに町奉行所へ戻る。この登城には、内与力が一人供をして、城外との連絡役を務めた。

北町奉行所に亨が戻ったとき、すでに曲淵甲斐守は登城していた。

「……………」

内与力の控へ入った亨は手持ちぶさたになった。

「なにをすればよいのやら」

亨は戸惑っていた。

「月番でないせいか、奉行所も静かだな」

人の気配はするが、雑然とした雰囲気は伝わってこなかった。

月番とは、南北の両町奉行所が月交代で訴人を受け付けることをいう。月番でないからといって、休みではなく、犯罪人の捜査や捕縛、裁決などはいつものようにおこなわれているが、借金や土地境界のもめ事を持ちこむ町人の姿がないだけに、騒々しくはなかった。

「赴任したての町奉行に、月番をさせるわけにもいかぬか」

曲淵甲斐守の赴任は幕府の命である。

旗本は将軍の指示とあれば、その場から戦場へと駆け出していかねばならない。新しい役職への赴任も同じである。任じられれば、その日から十全に役目を果たさなければならなかった。とはいえ、右も左もわからない者に、重要な役目を預け、失敗されては目も当てられない事態になる。

世は泰平で、焦らずともよい。

結果、赴任したばかりの月は当番から外されるという慣例ができた。

「ふむ」

することのない亨は、例繰り方を訪れた。

「過去の例をご覧になりたいと」

例繰り方与力が、亨に確認した。

「少しでもお役目に慣れておきたいと思いまする。数年前のものでよろしゅうござる。見せてはいただけませぬか」

亨が願った。

例繰り方では、過去に町奉行所で裁かれた判例が綴られている。これが前例となり、よく似た犯罪が起こったときの指標となった。

「……ふむう。お役目熱心でござるな。よろしゅうござろう。おい、井田《いだ》。三段目の右端、享保《きょうほう》九年（一七二四）のものを」

首肯した与力が、配下の同心に一冊の帳面を用意させた。

「貴重なものでござる。決して棄損なさらぬよう」

仰々しく、与力が帳面を亨に渡した。

「お借りする」

丁重に帳面を受け取った亨は、例繰り方を出た。

「よろしゅうございますので」

例繰り方の武器とも言うべき帳面を、あっさりと渡したことへの懸念を同心が表した。

「ああ。あんな古いものなど、いくら読んでも意味はない。前例は激しく変わりつつあるからな」

与力が首を左右に振った。

飢饉や貧困などで地方を逃げ出し、流れこんでくる者が増えた結果、江戸の犯罪は増え続けていた。

小伝馬町の牢獄は一杯になり、一畳の場所に三人詰めこまなければならない状況に陥っていた。

お膝元である江戸城下の治安の悪化は、幕府の威信にかかわる。幕府は犯罪の厳罰化へ舵《かじ》を切っていた。

「ああやって、書きものに熱中してくれれば、我らの邪魔をせぬであろうしの」

そう言って与力は、筆を握りなおした。

三

筆頭与力竹林一栄は、奉行所を出た後、谷中へと向かった。

寛永寺《かんえいじ》のある上野の山の後裾にあたる谷中は、閑静な場所として江戸の文人、粋人のあこがれとなっている。立ち並ぶ家々も、落ち着いた見栄えのものが続き、騒々しさなどとは無縁であった。

「こちらで」

先導していた御用聞きが、黒板塀に格子戸のはまった家の前で足を止めた。

「ここが鴨兵衛の家だな」

「へい。声をかけやす」

たしかめた竹林一栄にうなずいた御用聞きが、格子戸に手を掛けた。

「ごめんよ」

御用聞きが、なかへ入った。

「どちらさまでございます……」

若い女の応答がした。

「北町与力の竹林さまが、こちらの旦那にお話があるとお見えだ」

御用聞きが述べた。

「……お町の与力さまが……しばらくお待ちを」

女の語調が緊張からか高くなった。

「お待たせをいたしましてございまする。どうぞ、主がお待ち申しあげておりまする」

しばらくして若い女が、上がり框《がまち》に手をついた。

「うむ」

うなずいた竹林一栄が、家へとあがった。

「鴨兵衛と申しまする」

「北町奉行所吟味方与力、竹林である。見知りおけ」

客間の上座へ腰を下ろした竹林一栄が、目の前でかしこまっている鴨兵衛に名乗った。

「どうぞ」

そこへ若い女が膳を用意した。

「いただこう」

遠慮なく竹林一栄が差し出された盃を手に取った。

「本日はどのようなご用件で」

竹林一栄が三回盃を傾けるのを待って、鴨兵衛が訊いた。

「昨日であったか、感応寺の富くじは」

「はい」

「盛況だったそうだの」

「おかげさまをもちまして」

「人出も多く、当たりくじで懐の温かい者もいた。当然、掏摸が出る」

「………」

竹林一栄の意図を悟ったのか、鴨兵衛が黙った。

「昨日も二人捕縛しての。その入牢証文やら、お調べやらで、北町奉行所は朝まで大わらわであった」

「……お役目のご苦労をお察しいたしまする」

鴨兵衛が口にした。

「富くじは、寺社奉行の管轄。で、鴨兵衛、いかほど献上しておる」

「それは申せませぬ」

寺社奉行とのかかわりにも影響してくる。鴨兵衛が拒んだ。

「寺社奉行からは与力が一人、供の小者が二人来るそうじゃの」

しっかり北町奉行所は調べていた。

「はい」

まちがってはいない。鴨兵衛がうなずいた。

「それだけ来て、何人掏摸を捕まえたのだ」

「……一人も」

鴨兵衛が苦い顔をした。

「こちらは同心一人、御用聞き三人で二人じゃ」

「ありがたいことでございまする」

頭を下げたが、鴨兵衛はそれ以上なにも言わなかった。

「邪魔をしたな」

あっさりと竹林一栄が立ちあがった。

「……ご足労をいただきました」

鴨兵衛が見送りに立った。

「町奉行所も人手が足りぬでな。今後は感応寺門前町への手出しはいたしかねるであろう」

雪駄《せった》を履きながら、竹林一栄が告げた。

「それは……」

「慣例で門前町まで人を出していたが、これはやはりお寺社のお仕事だとあらためて認識をした。今まで、無断で手出しをしていたことを詫びておいてくれ。ではの。寒蔵《さむぞう》、浅草の勧進元へ参る。案内いたせ」

竹林一栄が御用聞きに指示した。

「こちらで」

寒蔵と呼ばれた御用聞きが先導した。

「二郎助」

別の御用聞きを竹林一栄が呼んだ。

「へい」

壮年の御用聞きが竹林一栄に近づいた。

「南町へ行ってな、北町は感応寺門前から手を引きましたと伝えてこい。途中、大声で世間に報《しら》せながら走れ」

「承知いたしやした」

二郎助が首肯した。

「ちょ、ちょっとお待ちを」

鴨兵衛が慌てた。北町奉行所と南町奉行所は一蓮托生《いちれんたくしょう》であった。不浄職としてさげすまれる町方与力、同心は、他の御家人との通婚が難しい。どうしても組内で嫁取り、養子迎えをすることになる。それを百五十年以上繰り返してきたのだ。八丁堀と言われる町方役人は、南や北、与力、同心の違いもなく、皆親戚のようなものであった。

つまり、北町が手を引くと言えば、南町も合わせるということになる。さらにそれを大声で触れて回る。聞いた掏摸や無頼がどう出るかは、言うまでもなかった。

「………」

竹林一栄は鴨兵衛の相手をせず、歩みを止めなかった。

「お待ちを。お役人さま。お待ちを」

己の縄張りの無法状態を放置すると言われたに等しい。もし、次の富くじ以降、掏摸や無頼による因縁付けが横行し、被害が多くなれば、人が集まらなくなる。札が売れなければ、富くじはなりたたなくなる。

しかし、富くじは幕府の認可を受けているものだ。札が売れ残ったので、今回はなしでとか、百番くじ千両を百両に減らしますは通らない。なにより、名前と場所を貸している寺院が、黙ってはいなかった。

「縁を切らせてもらおう」

感応寺からこう言われれば、もう香具師は終わりであった。

「今一度、今一度、お戻りを」

泣きそうな声で鴨兵衛が縋《すが》った。

「邪魔をするねえ。御用中だ」

寒蔵が、鴨兵衛を邪険に突いた。

「親分さん、そこをなんとか」

「ならねえなあ。旦那はお怒りだ。今、なにを申しあげてもお聞き届けにはならねえ」

「そんなことをおっしゃらずに」

鴨兵衛が必死になった。

「仕方ねえ。男が情けのねえ顔をするな。後でおいらが、取り持ってやる。その代わり……」

「承知致しております。後ほど親分さんのところへ」

金を持参すると鴨兵衛が言った。

「それだけじゃだめだな。おめえ、今から走って浅草の勧進元へ行きな。で、あったことを話してこい」

「………」

鴨兵衛が黙った。

「旦那に同じ話を二度させるなと言ってるんだ」

寒蔵が厳しく言った。

町方与力が、金欲しさに香具師を脅したと噂になっては困るのだ。寒蔵は、根回しをしておけと、鴨兵衛に命じていた。

「浅草で面倒がなければ、たぶん、旦那もご機嫌をなおしてくださるだろうよ」

「わ、わかりましてございまする」

鴨兵衛が駆けていった。

「ご苦労」

竹林一栄が寒蔵を褒めた。

「いえ。では、旦那。少しお休みを。あまりに早く着くと、鴨の野郎が困りましょう」

「だな。そこの茶店がよかろう」

寒蔵の勧めに、竹林一栄がうなずいた。

富くじの百番突き止めを当てた若い男は、金をそのまま吉原に持ちこんだ。

「太夫《たゆう》を呼んでくれ。曙太夫を」

若い男が吉原の名見世、卍屋《まんじや》で叫んだ。

「旦那、無茶言わんでくださいな。今夜太夫は他のお客に買い切られておりやす」

卍屋の男衆が無理だと首を横に振った。

「金か。金ならあるぞ。ほら見ろ」

若い男が金包みを懐から両手で取り出した。

「…………」

その多さに、男衆が目を見張った。

「これだけあれば、太夫を呼べるだろう」

「ちょ、ちょっとお待ちを」

男衆が、奥へと飛びこんだ。

「……お客さま」

待つほどもなく、初老の主が顔を出した。

「あいにくでございますが、太夫は初回のお方にお呼びいただくわけには参りません」

卍屋の主が、吉原のしきたりを告げた。

「金で売り買いするのが、遊女だろうが」

若い男はまだあきらめなかった。

「お客人。拝見したところ五百両以上はお持ちのようでございますが、太夫一人、自儘《じまま》にしようと思えば、身請けしていただくことになりまする」

「それでもいいぜ」

卍屋の主の説明に、若い男が喰いついた。

「ご冗談を。曙太夫は、吉原一の名妓。五百やそこらの金ではとてもとても。少なくともその倍、千両はいただきませんと」

笑いながら卍屋の主が手を振った。

「せ、千両……」

若い男が絶句した。

「かつて三浦屋さんに在していた二代目高尾太夫は、身体の重みと同じだけの小判で身請けされたと申しまする。はっきりとは伝えられておりませんが、およそ四千両だったとか」

「…………」

とてつもない金額に、若い男が唖然《あぜん》とした。

「太夫をご贔屓《ひいき》にとお考えでございましたら、日時の約束をお願いいたしまする」

御免色里としての矜持《きょうじ》を見せて、卍屋の主が若い男を拒んだ。

「……で、では、今日買える妓でもっともいい女を頼む」

吉原まで来て、なにもしないで帰る。若い男にとって、それは拷問であった。

「ありがとうございまする。おい、田鶴《たづ》さんを。それとこちらのお客人を京町の美《み》
津屋《つや》さんへ、ご案内しなさい」

一礼した卍屋の主が、男衆に指図した。

「へい。どうぞ、こちらへ」

男衆が、若い男を誘った。

「どこへ行く」

「いい女を抱くには、それなりの場所と準備が要るのでございますよ」

怪訝《けげん》な顔をした若い男に、卍屋の主が答えた。

これも吉原の慣習であった。太夫や格子など格の高い妓は、見世ではなく揚屋と呼ばれる貸座敷へ招く決まりとなっていた。見世で抱けるのは、線香一本分燃えるまでの間でいくらという最下級の端《はし》遊女《た》だけであった。

「下手な女をよこしやがったら、承知しねえからな。金にふさわしい妓を寄こせよ」

若い男が虚勢を張りつつ、卍屋を出ていった。

見世先でそんな騒動を起こしては、注目を浴びる。若い男の背中を、いくつもの目が見つめていた。

帳面を見ながら亨は、主君の帰りを待った。

「お戻り」

役宅の玄関から、曲淵甲斐守の帰邸が報された。

「……お戻りなさいませ」

急ぎ亨は玄関まで出迎えた。これも内与力の任であった。

「ご苦労。留守中なにかあったか」

筆頭与力と会う前に、最低限のことは知っておかなければならない。曲淵甲斐守が、亨に問うた。

「別段、ご報告申しあげるほどのことはございませなんだ」

大事があれば、町奉行所がざわつく。その気配はなかった。

「そうか。亨、ついてこい」

曲淵甲斐守が、亨に指示した。

「着替えを手伝え。他の者は出ていよ」

奉行居室に入った曲淵甲斐守が他人《ひと》払いをした。

「大隅守どののもとへ行ったか」

「参りましてございまする」

主君の後ろに回り、裃を抜きながら亨が答えた。

「どのような話をされた」

袴を脱ぎながら、曲淵甲斐守が問うた。

「お伺いいたしましたところ……」

牧野大隅守の内与力太田幾内から言われたことを、忠実に亨は伝えた。

「……そうか」

聞き終えた曲淵甲斐守が嘆息した。

「亨、そなたどう思った」

「…………」

亨は沈黙した。主君から助言をもらえと言われた相手のことを悪く言うわけにはいかなかった。

「思うところを申せ」

「余計なことはいっさいするなと言われているも同然。完全に町方の思うがままだと」

命じられてはしかたない。亨は語った。

「うむ」

答えに満足したのか、曲淵甲斐守が首肯した。

「もう一度行ってこい」

「……もう一度、牧野大隅守さまのもとへでございますか」

亨が気乗りしない声で確認した。

「いいや」

曲淵甲斐守が否定した。

「能勢肥後守《のせひごのかみ》どののお屋敷へ行ってこい」

「どなたさまでございましょう」

聞いたこともない名前に、亨が戸惑った。

「儂の前々任者じゃ」

「ということは依田和泉守《よだいずみのかみ》さまの前の北町奉行さま」

主の説明に、亨が理解した。

曲淵甲斐守の前任、依田和泉守政次《まさつぐ》は宝暦三年（一七五三）から今年まで、じつに十六年もの間北町奉行を務めた能吏であった。しかし、在任中に裁いた山県大弐《やまがただいに》らの明和事件が朝廷の怒りを買い、名ばかりで権能のない大目付へと転じさせられた。

能勢肥後守はその依田和泉守の前任で、延享《えんきょう》元年（一七四四）から町奉行を務めていた。

「能勢肥後守どのは、町奉行から西の丸旗奉行へと移られた」

「西の丸旗奉行でございますか……それはあまりに」

亨が驚愕《きょうがく》した。

旗奉行は老中支配布衣役《ほいのやく》で二千石高である。戦場では軍勢の顔となる旗を管理し、味方を鼓舞するという旗本という名前の由来ともなった重要な役目であった。しかし、天下が統一され、戦がなくなると旗は使われることがなくなった。となれば旗奉行の出番もなくなる。今や、旗奉行の仕事は、傷んだ旗の修繕と年数回の虫干しだけと閑職の最たるものであった。

「肥後守どのは、町奉行在任中に何一つ瑕疵《かし》がなかった。それでいながら、あからさまな左遷……」

そこまで言って、曲淵甲斐守が切った。

「足を引っ張られた……となれば依田和泉守さまが」

亨はかつて大坂西町奉行だった曲淵甲斐守から、出世のためには他人の足を引っ張ることも要ると聞かされていた。

「……………」

無言で曲淵甲斐守が首肯した。

「能勢肥後守どのは、西の丸旗奉行に転じた翌年に職を辞され、その一年後に亡くなられておられる」

「それでは、お話を伺えないのでは」

亨が疑問を口にした。

「跡継ぎどのがおられよう。それに当時を知る家臣もおるはずじゃ。話を聞くくらいのことはできるはずだ。町奉行から追い落とされた能勢どのだからこそ、隠さずに真実を教えくれるだろう」

曲淵甲斐守が述べた。

「わかりましてございまする」

亨は曲淵甲斐守の前を下がった。

四

能勢家は、町奉行を務めた者とは思えないほど質素な屋敷であった。布衣まであがった旗本の跡継ぎは、家督相続と同時に役職を与えられるのが慣例であった。能勢肥後守の嫡男一英も小姓組として召し出されていた。

「北町奉行曲淵甲斐守の家臣、城見亨と申す者でござる。ご家中で内与力をお勤めになられた御仁がおられれば、御意を得たい」

亨は、能勢家の潜《くぐ》り戸を叩いて用件を述べた。

「……当家、用人の等々力主膳《とどろきしゅぜん》でございまする。かつて北町奉行所で内与力役を一年、務めておりました。わたくしに御用とは」

潜り戸から老齢の武家が出てきた。

「この度、主から内与力を命じられましたが、なにをしていいものかわからず、ご存じのお方にご教示をと訪ねさせていただいておりまする」

亨が説明した。

「内与力に……お若いの。それだけ御主君からのご期待を受けておられるのでございますな」

　等々力が感心した。

「まだまだ力不足でございますが、少しでもお役に立てるならと尽力いたすつもりでございまする」

「そうでなければいけませぬな」

　亨の覚悟を等々力が褒めた。

「そこで、お話をいただけようか」

「…………」

　あらためて亨が訊いたのに対し、等々力は口を閉じた。

「等々力どの……」

　不意に難しい顔になった等々力に、亨は首をかしげた。

「…………」

　等々力がじっと亨を見た。

「なにか」

亨は尋ねた。

「わたくしに訊くより、今の南町奉行さまにお願いなさるべきではござらぬかの」

等々力が述べた。

「今朝、お邪魔いたしましてござる」

「ほう。では、十分でござろうに」

等々力が少しだけ目を大きくした。

「それが……」

「……なるほど。上っ面だけでごまかされたのでございますな」

眉をひそめた亨に、等々力が告げた。

「内与力はなにもしなくていいと」

「それはそれは」

等々力が小さく笑った。

「相変わらずのようだ。町方は」

笑いを等々力が消した。

「なにかご存じでございましたら……」

「お話はできませぬ」

　求めた亭に、等々力は首を左右に振った。

「なぜでございましょう」

「当家のためでござる」

　詰め寄った亭に等々力は告げた。

「なぜ町奉行という顕職を務めた先代肥後守が、西の丸旗奉行などという閑職へ追いやられたのか。誰が先代肥後守を追い落としたのか。そして足を引っ張る材料を提供したのは……」

　そこまでで等々力が口を閉じた。

「なんとかお願いできませぬか」

　亭は喰いさがった。

「我が主を助けると思し召して」

　武家としての情に、亭は訴えた。

「できませぬ。当家にどのような反発が来るか。当主になにがあるか。他家のために主を犠牲にはできませぬ。どうぞ、お帰りを」

冷たくそう言って、等々力が潜り戸の向こうへと消えた。

「…………」

亨は呆然とした。

「一つだけ」

閉じられた潜り戸の向こうから、等々力の声が聞こえてきた。

「町方役人どもを甘く見られぬように。目通りもできぬ不浄職ではございますが、いろいろなところに繋がりを持っておりますぞ」

「等々力どの」

さらなる助言をと亨は等々力を呼んだが、それ以降いっさいの応答はなかった。

「気を付けろか……それくらいはわかっているが……」

いつまでも他家の門前で佇《たたず》んでいるわけにはいかなかった。

亨は、あきらめて踵《きびす》を返した。


吉原で太夫を張るには、美貌だけでは足りなかった。客がどのような話題を出そうとも、それに応じられるだけの教養が要った。

言い換えれば、教養が足りないだけで、太夫以上の容姿を誇る者、閨技に長けた者はいるのだ。

それらの遊女は、太夫の一つ下、格子女郎として吉原を支えていた。

「主さま、またお出でくだしゃんせな」

卍屋の格子、田鶴が若い男と後朝《きぬぎぬ》の別れを惜しんでいた。

「おう。また来るぜ。そのときはもっと居続けるぜ」

若い男が田鶴の腰に手を回した。

「きっとでござんすよ」

田鶴が、右の小指を若い男の左小指に絡ませた。

「まったく、親方《おやかた》の年忌でなけりゃ、おめえと離れなどしねえものを」

若い男が田鶴の顔に頬ずりをした。

「じゃあ、行ってくるぜ」

居続けをした客だけの特権である。朝の食事をすませ、昨夜の名残を洗い流して若い男は、昼前に揚屋を出た。

「あい。お帰りをお待ちしておりんすえ」

田鶴が手を振った。

「あれほどの女がいたとは、さすがは天下の吉原だぜ」

大門を出た若い男が、にやけていた。一夜の客は夜明けから五つ（午前八時ごろ）までに吉原を離れるのが普通である。大門からまっすぐ続く五十間道《ごじゅっけんどう》に人影はまばらであった。

「見た目もいいが、あの腰つきがたまらねえな。田鶴を知ってしまえば、今まで抱いた遊女はなんだったのかと思うぜ。田鶴が女ならば、あいつらは草鞋《わらじ》の裏だ」

若い男が首を横に振った。

「それにしても三日居続けで、支払いが酒肴《しゅこう》の代金を入れて六両と二分。安いもんじゃねえか」

若い男が続けた。

「三百日居続けできるぜ。いや、格子なら太夫ほど高くないだろうからな。思いって田鶴を身請けするか。五百もあれば足りるだろうしな。残り二百もあれば、ちょっとしたしもた屋を借りて、おもしろおかしく十年近くは遊べる。富くじさまさまよ」

若い男が両手を合わせるまねをした。

「運がついてきた。そうだ、もう一度富くじを買おうじゃねえか。きっとまた当たるぜえ」

若い男がにやりと笑った。

「おっと見返り柳だ。ここで振り向いて吉原の大門を見るのが……」

吉原の大門を出て五十間道を進んで日本堤の土手に至る少し前、一本の黒柳が枝を垂らしている。ここから道が右へ折れるため、振り向いても吉原は見えなくなった。

「待ってろよ。すぐに行くからよ」

昨夜の行為を思い出したのか、崩れた表情で若い男が大門へ宣言した。

「さて、天国から常世へと戻る……がっ」

後ろを向いた首を戻そうとした若い男が苦鳴をあげた。

「な、なにしやがる」

頭をしたたかに殴られた若い男が、転びながら相手を見た。

「生きてやがる」

「薪《まき》ざっぽじゃ、らちがあかねえ」

二人の男が割り木を持って若い男を囲んでいた。

「ひと思いに……」

一人が懐から匕首《あいくち》を出した。

「よせ。刃物の傷が残るのは、まずい。町奉行所が動くぞ。頭を殴って川へ流せば、酔ってはまったですむ」

もう一人の小太りな男が止めた。

「面倒だが、しかたねえか」

「お、おい、なにを」

もう一度割り木を掲げた男たちに、若い男が焦った。

「あんなところで、金を見せびらかすおめえが馬鹿なんだよ」

「感応寺の富くじが当たったのは、やっぱりおめえだったんだな。こちとら掠りもしなかったのによ」

割り木を振り下ろしながら、男たちが口々に若い男を嘲った。

「や、やっぱりって……」

殴られながらも若い男が、反応した。

「冥土《めいど》の土産に教えてやるよ。百両以上の富くじはな……」

割り木の手を小太りの男が一瞬止めた。

「どこの誰が当たったか、人相書きが売り出されるのよ」

「げっ」

「福の独り占めはよくない。皆で分け合おうとな」

「誰が、そんな……」

若い男が絶句した。

「言わずともわかろうが。富くじの翌日には売りに出る。それだけ早く知れるのは……まあ、その辺は知らずともよいさ。しかし、大門でおめえを見つけたときは驚いたぜ。人相書きそっくりな男がいるってな。念のためにあとをつけたら、卍屋の騒動だ。いやあ、うれしかったぜ。宝の山だとな。……よっ」

下卑た笑いを浮かべた小太りの男が、ふたたび若い男を殴った。

「ぎゃっ……た、助けてくれ。金なら分ける」

若い男が頭をかばいながら嘆願した。

「分けるだあ。おまえを殺せば、全部おいらたちのものになるというのにか」

小太りの男が嘲笑《ちょうしょう》した。

「おい、半分ずつだぞ」

最初に声をかけた男が匕首を振った。

「わかっているともさ。千両富、半分ずつで五百両。それだけあれば……」

「おいおい、吉原で女郎を買ってやがったのだぞ。千両はねえぞ」

「ちっ、無駄遣いをしやがって」

小太りの男が膨れた。

「わ、わああ、助けてくれ」

二人のやりとりの隙を見て、若い男が逃げた。

「あっ、こいつ」

「ばかやろう、気を抜くな」

二人が慌てて追いかけた。

「わあ、わあ」

頭を殴られると、思うように手足が動かなくなることがある。若い男は、足をもつれさせて、蹟《つまず》いた。

「あっ」

「くたばれ」

「くらえっ」

匕首と棒が、同時に若い男を襲った。

「がはっ」

頭をしたたかに打たれた若い男が気を失った。

「止《とど》めだ」

「待て」

匕首を構えた男を小太りの男が押さえた。

「さっきも言ったろうが。その辺の石で頭を殴れ」

「そうだった」

うなずいた匕首の男が、拳ほどの石を若い男のうなじに叩きつけた。

「くけっ」

みょうな苦鳴を最後に若い男が死んだ。

「おい、懐を探れ。さっさとしろ」

小太りの男が、辺りを警戒した。

「わかっている……ちっ、腹に胴巻きを巻き付けてやがる」

胴巻きとは金などの貴重品を落としたり、盗られたりしないよう袋状にした帯のようなものである。そのなかに金などを入れ、胴体に巻き付けた。

「……ほどけねえ」

「面倒だ。切っちまえ」

小太りの男が、ここで匕首を使えと命じた。

「……切れた。重い」

匕首を持った男が漏らした。

「人が来る前に逃げるぞ」

「待て、こいつをこのままにしておくと、すぐにばれるぞ」

小太りの男が、匕首の男を制した。

「見られていないんだ。おいらたちの仕業とわかりゃあしねえよ」

匕首を持った男が否定した。

「ばかやろう。こいつの後を続いて大門を出たんだぞ。会所の忘八《ぼうはち》に覚えられていたかも知れねえじゃねえか」

　小太りの男が怒った。

「……わかったよ。で、どうするんだ」

「日本堤から、山谷《さんや》堀へ捨ててしまえ。大川の流れで海まで流れてくれるさ」

　若い男の足を小太りの男が持ちあげた。

「そっちを」

「ちっ。恨めしそうな顔してやがる」

　嫌そうに頭を抱えた匕首の男が従った。

　男一人とはいえ、二人がかりならさほどの苦労ではない。若い男の死体は、山谷堀へと叩き落とされた。

「えへへっへ、やったな」

　流れていく若い男を見ず、二人は胴巻きの金を分けた。

「……少ねえな。六百五十両もねえぞ」

「家に残してきやがったか。探すか」

「止めとけ。捕まるのが落ちだ」

匕首の男の欲望を小太りの男が止めた。

「さて、これできっちり半分だ。いいか、いきなり使うんじゃねえぞ。金遣いが派手になって目をつけられたら大変だ」

「わかってる」

金を見ながら、匕首の男が応じた。

「じゃあな」

小太りの男が匕首男を残して去っていった。

「……浮かれてやがる。辛抱のできるやつじゃねえのは、よくわかっている」

離れながら小太りの男が苦い顔をした。

「こいつは、今日中に宿《やさ》を変えなきゃまずいな。あいつが捕まったときに芋蔓《いもづる》式はごめんだ……いっそ、しばらく江戸を売るか。吉原から離れるのは惜しいが、江戸を離れれば、町奉行所の手は届かねえ。品川じゃちと近いな。思いきって上方へ行くか。京女を味わって、江戸と比べるのもいいな」

独りごちながら、小太りの男は足を速めた。

第二章　大坂の女

一

大坂から江戸への旅は、いくつかの方法があった。

東海道を、あるいは中仙道を下るという陸路、そしてもう一つが、堺から船で品川を目指す海路であった。

「よろしいんで。船は、板子一枚下は地獄と言いまっせ」

堺までついてきた西海屋《せいかい》の番頭が忠告した。

「江戸まで百五十里からあんねやろ。そんなに歩かれへんし」

言われた西咲江《にしさきえ》が嫌がった。

「駕籠《かご》使いはったらよろしいのに。駕籠で揺られていったら、楽でっせ」

番頭がもう一案を出した。

「駕籠は苦手やし。ずっと座ってたら、お尻痛なるやんか。座りっぱなしでお尻が大きなったら、嫌われるやろ」

咲江が膨れた。

「あんな江戸もんのどこがよろしいねん」

あきれた顔で番頭が嘆息した。

「ええやんか、別に。家は兄がいてるさかい、わたしは継がんでええし。好きにしてええって、お父《とう》はんも許してるやん」

「しやかてでっせ、お嬢《とう》はんは、あの西海屋の孫娘ですねんで。さすがに鴻池《こうのいけ》はんとはいきまへんけど、大坂で知れたお店《たな》のご寮《りょう》さんに納まれますで。そうしたら、贅沢し放題ですがな」

ご寮はんとは、主人の妻のことである。江戸では新造と呼ばれていた。

「贅沢なんぞ、江戸でもできるやん。向こうには西海屋の出店もあるし、おばあはんの実家もあるし」

いけしゃあしゃあと咲江が言った。

「それにやで、贅沢いうたかて、着物を五枚も六枚も着られるもんやないし、足かて二本しかない。履もんもよそ行き、普段履き、雨の日用の三つもあったら足りる」

「はああ。これが上方で一、二を争う海産物問屋のお孫はんだとは……」

「忘れたらあかんで。わたしは西海屋の孫には違いないけど、生まれは大坂町奉行所同心、三十俵二人扶持《ぶち》の貧乏同心の娘ちゅうのを」

楽しそうに咲江が笑った。

「ほな、ここでええわ。江戸に着いたら、手紙出すよって。おじいはんとおばあはんによろしゅう言うといて」

咲江は手を振って、船への渡し板をあがっていった。

「大丈夫かいな」

その姿を番頭が不安げに見送った。

西海屋得兵衛《とくべえ》は、妻幸《さち》を相手に茶を点てていた。

「行きましたね」

幸が言った。

「ああ。言い出したら聞かん子やからな」

西海屋得兵衛が嘆息した。

「まあ、大事ないやろ。伊兵衛《いへえ》を江戸へ行かせたしの。あいつはよう気の回る男やでな」

しっかりと手回しを西海屋得兵衛はしていた。

「おまえも、実家に連絡したやろう」

「もちろんでございますよ。かわいい孫のためですもの」

柔らかく幸がほほえんだ。

幸の実家は日本橋の酒問屋播磨《はりま》屋である。

「金の苦労はせんやろうけど、相手があの朴念仁だからねえ。苦労はするやろ」

西海屋得兵衛が楽しそうな顔をした。

「それも楽しみというものでございましょう。女は、あこがれるものでございますよ。好きな男と一緒になれることを」

幸が告げた。

「おまえのようにか」

「わたしでございますか」

幸が首をかしげた。

「江戸から大坂へ押しかけてきたのは、おまえだったろう」

西海屋得兵衛が大坂弁を消した。

「昔のあなたのようですね。江戸の出店を任されていたときのあなたは、なんとか江戸者から馬鹿にされないよう、一生懸命なまりを消してました。咲江は立派にあなたの血も引いてますよ」

思い出すように幸が述べた。

「勝てんなあ、おまえには」

言葉を戻して、西海屋得兵衛が苦笑した。

若い男の死体は、霊巌島《れいがんじま》にたどり着いた。

「刃物傷はない。傷は頭だけか。酔って大川に落ちたというところだな」

死体の検案をした北町奉行所廻り方同心砂原《さはら》槍之助《やりのすけ》が断じた。

「身許《みもと》は」

「まだわかりやせん」

御用聞きが首を横に振った。

「持ちものは調べたのだろう」

砂原槍之助が問うた。

「手ぬぐいしかございませんでした」

「銭入れとかは、流れたか。となると調べようがないな。一応、人相書きだけ作っておけ」

滅多にあることではないが、行き方知れずの届けが出されるときもある。そのとき、人相書きがあれば、便利であった。

「では、人相書きを作った後の仏さんは……」

「適当に葬ってやりな」

興味をなくした砂原槍之助が丸投げした。

吉原の遊女や忘八は、投げこみ寺と呼ばれる西方寺《さいほうじ》に葬られる。それ以外の無縁仏は、原則として、回向院《えこういん》へ送られた。

薦《こも》に包まれた若い男の遺体は、大八車で回向院へ運ばれ、埋葬された。

「わたくしどもの長屋に住まいしておりました左官下働きの吉次郎と申す者、行き方が知れなくなりましてございまする」

三日ほどして、月番の南町奉行所に大家から届け出があった。

「職人が七日や八日帰ってこないのは、珍しいことではあるまい。もう少し様子を見てはどうだ」

受け付けた人別帳掛同心が面倒くさそうに応対した。

「普段でございましたら、そういたしますが……じつは吉次郎は先日の谷中感応寺さまの富くじで百番を当てましたので」

「なにっ……百番、千両だと」

人別帳掛同心が大声をあげた。

「なんだ、なんだ」

「千両富だと」

たちまち周囲にいた同心たちが集まってきた。

「人相書きを持ってこい」

南町奉行所が大騒ぎになった。身許不明の死体は、問い合わせがあったときの資料として、顔が判別するものは人相書きで、無理な場合は衣服などの特徴を記録しておく。

「違う、じゃあ、北町から借りてこい」

いつもならば、さっさと大家を北町奉行所へ行かせる。だが、千両富の当籤《とうせん》者ということで、南町奉行所が興味を持って動いた。

「……こいつで」

持ちこまれた北町奉行所に保管されていた人相書きを見て、すぐに大家が指さした。

「北町奉行所の扱いだな」

変死体は、最初に扱った奉行所が最後まで責任を持つ決まりであった。南町奉行所の人別帳掛同心は、残念そうな顔をした。

「北町へ回れ」

こうして吉次郎の死は北町奉行所へと移された。

「異常は見受けられなかったのか」

竹林一栄は、初担当だった廻り方同心砂原槍之助を呼び出して、厳しい口調で問うた。

「刃物の跡がなく、頭の傷も川を流れている間にできたもののように見えましたので……」

砂原槍之助が、首をすくめた。

「死体を掘り起こし、もう一度調べよ。儂も同道する」

「……それは」

検分に立ち会うと言った竹林一栄に、砂原槍之助が焦った。死体の検分でなにか見落としがあれば、砂原槍之助は咎《とが》めを受ける。定町廻り同心は、町奉行所のなかでも選ばれた者が務める花形である。花形だけに落ち度が見つかれば、役目を外されかねなかった。見廻り範囲の商家からもらえる心遣いを失えば、一気に生活が逼《ひっ》迫《ぱく》した。

「さっさと手配をいたせ」

「はっ」

砂原槍之助が一礼した。

墓地は寺社奉行の管轄になる。掘り返すには、寺社奉行の許可が要った。もっとも寺社奉行本人まで話は行かず、町方で言う同心にあたる小検使《しょうけんし》への届け出だけですむ。とはいえ、小検使の立ち会いを頼まねばならず、死体の掘り起こしは翌日の朝となった。

「富くじで千両当てた男が死んだ」

珍しい事件に、北町奉行所は沸いた。

「騒がしいの」

当然、町奉行所の騒ぎは、曲淵甲斐守の耳にも届く。

「聞いて参れ」

「はっ」

曲淵甲斐守に言われて、亨は奉行所の内部を統轄する年番方与力左中居作吾に尋ねた。

「……そのようなことが。では、お奉行さまにお報せを」

事情を聞いた亨は曲淵甲斐守へと報告した。

「……富くじが当たったばかりの男が、打ちあげられていたと。で、金は見つかっ

町奉行内与力奮闘記〈二〉他人の懐 刊行記念

上田秀人からのメッセージ

「町奉行内与力奮闘記」第一巻『立身の陰』は、大坂町奉行だった曲淵甲斐守が、北町奉行に異動するまでを描いた。これは大阪府警察本部長が、東京都知事になったほどの栄転であった。それほど江戸町奉行の権限は大きい。

　町奉行の懐刀である内与力も多忙を極める。内与力は、町奉行と周辺役人、大名、旗本、豪商などとの根回しを仕事としていたらしい。今でたとえるならば、秘書室長というところだろうか。

　いつの世も同じだが、どんな交渉ごとでも前もっての打ち合わせで成否は決まる。前例と慣例で動く社会は、経験の浅い若者に厳しい。しかし、その辛い思いが、若者を大きく育てていく。

　くじけそうになる若者を支えるのは、苦労人たる先輩、そして癒すのは美しい女。

　物語の役者はそろった。

たのか」

「長屋にはなかったそうでございまする」

行方不明を届け出た大家が、すでに長屋の家捜しは終えていた。

「まだ、殺されたとわかったわけではない。これ以上は早計だな」

曲淵甲斐守が話題を止めた。

「……………」

亨は控えた。

翌朝、竹林一栄は砂原槍之助を連れて、回向院へ出向いた。

「お役目ご苦労でござる」

「いえ」

立ち会いに来た寺社奉行の小検使が、竹林一栄のねぎらいに一礼して下がった。

奉行としての格は、大名役の寺社奉行のほうが旗本役の町奉行よりも高い。だが、在任中家臣を役人として使う寺社奉行である。同心にあたる小検使は、藩士であり陪臣《ばいしん》であった。不浄職としてさげすまれる町方役人とはいえ、直参《じきさん》である。小検使は、竹林一栄に遠慮しなければならなかった。

「始めよ」

控えていた寺男二人が鍬《くわ》を入れた。

「ふうむ」

掘り出された若い男の死体を水洗いして、竹林一栄があらためた。

「…………」

小検使は、すさまじい臭気に顔をゆがめ、大きく離れていった。

「槍之助、これを事故だと。よく見ろ、この傷の多さを。転んで川に落ち、偶然なにかにぶつかったならば、これほど傷は多くない」

「川を流されている間に、杭や石、船底などに当たったことも……」

砂原槍之助が言いわけした。

「頭ばかりをか」

「…………」

さらに言われて、砂原槍之助がうつむいた。

「撲殺だな。金は奪われたと見るべきだの」

竹林一栄が断じた。

「いいぞ」

埋め戻せと竹林一栄が寺男に指示した。

「お立ち会い感謝する」

竹林一栄が小検使に挨拶をした。

「いえ、お役目でございれば……」

まだ顔をゆがめたままで小検使が手を振った。

「終わりましたので、これで」

帰っていいと竹林一栄が告げた。

「少しよろしゅうございましょうや」

小検使が竹林一栄に話しかけた。

「なにかの」

竹林一栄が尊大に受けた。

「先日、谷中の鴨兵衛と浅草の山路屋、富岡八幡宮の差平をお訪ねになられましたか」

小検使が問うた。

「いかにも。所用で参ったが、なにかの」

認めた竹林一栄が、怪訝な顔をした。

「小検使の伊藤が、お控えくださるようにと」

「ふむうう」

竹林一栄が、声を低くした。

「小検使の伊藤どのとか言われたの。では、その御仁に、後日お訪ねするとお伝え願おう」

「わざわざお見えいただかなくとも」

「よろしいな」

拒もうとした小検使を竹林一栄が抑えこんだ。

「では、帰られよ。おい、槍之助、こちらも戻るぞ」

竹林一栄が歩き出した。

「……竹林さま。さきほどのお話は」

砂原槍之助が回向院を出たところで訊いた。

「今回のことにもかかわるか、そういえば」

竹林一栄が少し考えた。

「とりあえず、奉行所へ戻ろう。いろいろ話をしなければならぬことになった」

難しい顔になった竹林一栄が足を速めた。


北町奉行所に帰った竹林一栄は、砂原槍之助の他に、左中居作吾を呼んだ。

「忙しいところをすまぬな」

「いえ。筆頭どのが急用と言われるのならば、よほどのことでございましょう」

呼び出しを詫びた竹林一栄に、左中居作吾が問題ないと応じた。

「いかがでございました」

左中居作吾が問うた。

「殺しだった」

竹林一栄が告げた。

「それは……」

咎めるような目を左中居作吾が、砂原槍之助へと向けた。

「恥じ入りまする」

砂原槍之助が小さくなった。

「定町廻りには、早かったか」

年番方は、町奉行所の人事も扱う。左中居作吾の言葉は、砂原槍之助にとって厳しいものであった。

「左中居、奉行が変わったばかりで、人事を動かすのはよくない」

竹林一栄が止めた。

「筆頭さま」

砂原槍之助が感動した。

「この一件をしっかりとやってみせよ。でなくば、牢屋見廻りへ行かせるぞ」

「……ひっ」

言われた砂原槍之助が悲鳴をあげた。

牢屋見廻りは、小伝馬町の牢獄を取り締まった。もっとも、牢獄は旗本石出《いしで》帯刀《たてわき》の管轄であり、そちらに同心や小者がいるため、実質なにもすることがなく、手柄の立てようのない閑職であった。

「か、かならずや」

砂原槍之助が必死になった。

「ならば、行け」

「はっ」

竹林一栄に命じられて、砂原槍之助が駆けていった。

「よろしいので」

「しかたあるまい。いきなり、事件を見逃すような愚か者が、花形の定町廻りになっていたなど、奉行に侮られるぞ。それこそ、町奉行所の人事に口出しされかねぬ」

「…………」

苦く頬をゆがめた竹林一栄に、左中居作吾が黙った。

「左中居、臨時見廻りの神山元太郎もこの件に当たらせよ」

「そこまでせねばなりませぬか。金を巡っての殺しでございましょう。吉次郎でございましたか、あやつの周りで金回りのよくなった奴を探せばすみましょう。神山にさせるほどのものではないかと」

左中居作吾が疑問を呈した。

「千両富に当たった者が巻きこまれた事件を解決することで、寺社奉行と香具師どもへ、町方の力を見せつける好機である。力を見せつけて、寺社を圧迫し、富くじの警固から手を引かせる。そして香具師どもを抑えて、富くじの上がりからの献上をすんなりと出させる」

「なるほど」

左中居作吾が納得した。

「では、早速、神山に話を」

「それと……」

腰をあげかけた左中居作吾を竹林一栄が制した。

「時期を見て、槍之助を定町から外せ。親爺ができる定町廻りだったから、息子も使えるかと思ったが」

「わかりましてございまする」

冷たく言った竹林一栄に、左中居作吾がうなずいた。

二

江戸の町は平穏無事が当たり前であった。

喧嘩やちょっとした騒動はままあっても、まず御上の手をわずらわせることなどなく、殺しにいたっては、一度あるだけで十年は話題になるほど珍しかった。

「聞いたかい」

「おうよ。千両富を当てた野郎が殺されたんだってな」

湯屋、髪結い床など人が寄るところでは、その話で持ちきりであった。

「千両富なんて当てるもんじゃねえな。殺されたら意味がねえ。死人になっちまえば、金は使えないからなあ」

「それでも千両だぞ。当たって欲しいじゃねえか」

同意を求めるように言う男に、髪結い床の親爺が否定した。

「殺されちゃあ、意味ねえぞ」

「その前に、全部使っちまうわ」

「使い切れるか、千両だぞ」

髪結い床で男たちが話していた。

「ちょいといいか」

そこへ、御用聞きが十手を見せて近づいた。

「こいつは、親分さん」

「お役目でござんすか」

男たちが御用聞きを見た。

「おめえたちが話をしていた男のことだがよ。なにか噂《うわさ》を耳にしてねえか」

御用聞きが、男たちを見回した。

「あっしはなんにも」

「おいらも知りやせんねえ」

男たちが首を左右に振った。

「そうか。なにか聞いたら、報せてくれよ」

「あっ、親分」

去りかけた御用聞きに男が声をかけた。

「千両の金はどこに行ったんで」

「それがわからねえんだ。男が住んでいた長屋は天井裏から、床下まで探ったが、まったくでな」

「じゃあ、全部を奪われた……」

「そう考えるべきなんだろうな。じゃあな」

そこで話を終わらせ、御用聞きが去っていった。

湯屋と髪結い床以外で、噂が集まるのは吉原であった。吉原には毎日何百という男が訪れ、遊女と睦言《むつごと》をかわす。毎日の仕事の愚痴から、儲《もう》けた、損したという金の話、そして町の噂でことをした後を過ごす。

「てておま」

馴染《なじ》みの客を送り返した田鶴が、卍屋の主のもとへ顔を出した。てておまとはとさまがなまったもので、遊女屋の主を意味した。

「おや、田鶴さん。お客さまはお帰りかい」

遊女屋の主にとって客が命である。卍屋の主山本屋芳右衛門《よしえもん》が確認した。

「あい。ご機嫌でお帰りでござんした。今度は十日後とお約束もいただきました」

問題はないと田鶴が応じた。

「なにもなかったというのに、帳場へ来たというのは……あの噂かい」

山本屋芳右衛門が声をひそめた。

「あい。あのときのお客さまが……」

田鶴がいたましそうな顔をした。

「どうやら、そうらしいね。千両富が当たったなどというお方は、そうそういないからねえ」

山本屋芳右衛門は淡々としていた。

「大川を流れて霊巌島へ流れ着いたと聞きやんした」

「そうらしい」

「となると、吉原《なか》の帰りに……」

田鶴が身を震わせた。

「おまえが気にすることじゃないよ。たった三日相手をしただけのお客じゃないか。居続けしてくださったが、正式には裏を返していない」

裏を返すとは、初会の次、二度目の来訪を意味する。裏を返すのは、吉原では客と遊女の婚姻とされ、これ以降他の見世に揚がるのはもちろん、他の遊女を抱くことも禁じられた。その代わり、馴染みとして格別な扱いを受けられるようになる。

「そうなんでありんすが……」

「一々客に感情を移すんじゃないよ。吉原の女は身体をお金で明け渡したんだ。心くらいは、しっかり持っておかないと、もたないよ」

「……あい」

主の説得に、田鶴がうなずいた。

「それにあれはあのお客人が悪い。いかに吉原が苦界で、世間とは違うとはいえ、そこに来る客はどこにでもいる連中だよ。あれだけおおっぴらに金を見せびらかせば、襲われてもしかたない。自業自得というやつだ」

山本屋芳右衛門はあきれていた。

「御上には……」

「こちらから報せてやらずともよい。吉原のことは、吉原で。外は外。放っておきなさい」

山本屋芳右衛門が冷たく命じた。

大坂から品川への船旅は、風さえよければ、十日ほどですむ。

「お嬢はん、どないしはります。品川であがりまっか。それとも小舟を用意するまで待ってもらわなあかんけど、日本橋の播磨屋さんの船着き場まで送りましょか」

船頭が西咲江に尋ねた。

「品川から日本橋まで歩いたら、どのくらいかかるん」

咲江が尋ねた。

「そうでんなあ。女子《おなご》はんやったら、一刻半（約三時間）もあったらいけますやろ」

船頭が答えた。

「ほな、歩くわ。せっかくの江戸やし。いろいろ見ていきたいから」

「へい。ただし、供を連れていっておくれやすな。一人でお嬢を行かせたと知られたら、儂は、西海屋の旦那に殺されま」

ここで降りると言った咲江に、船頭が条件を付けた。

「えぇで」

咲江が認めた。

千石船ともなると、岸につけることはできなかった。迎えの小舟にもっこのような縄でできた綱で降ろされた咲江は、供の若い船頭を連れて品川宿の浜辺へと上陸した。

「賑やかやなあ。まるで新町《しんまち》や」

咲江は品川の繁華に目を剝《む》いた。

「そらそうでっせ。品川は遊郭みたいなもんですよって」

若い船頭が告げた。

「宿場に女はんがつきもんなんはわかるけど……江戸の城下に近い品川にこれだけのもんがいるん。客を歩かさんと城下に作ったら便利やのに」

咲江が首をかしげた。

「あきまへんねん。江戸の城下は吉原以外の遊郭は禁止でんねん。なんでも神君家康さまが決めはったらしく」

「へえ。えらい昔の話を守ってるんや。江戸の人は律儀やねんなあ。大坂やったら、なんとか理屈を付けて、作ってるわ」

若い船頭の話に、咲江がみょうな感心をした。

「あれが高輪の大木戸で。左手の大屋根が忠臣蔵で有名な泉岳寺《せんがくじ》はんですわ」

「一度お参りしてみたいけど、これからはいくらでも機会はあるやろうし。早行《はよ》かんと、大叔父はんに叱られるわ」

咲江が残念がった。

「助かりますわ」

寄り道をしないですんだ若い船頭がほっとした。

日本橋に店を構える播磨屋は、下り酒の名店として知られていた。江戸城大奥をはじめ、諸大名家へ出入りを許され、その威勢は強かった。

「大坂のお嬢はんでございまする」

紺地に白く「酒商い播磨屋」と染められた長暖簾《のれん》を若い船頭が潜って、声を張りあげた。

「大旦那さまにお報せしなさい。ようこそ、お出でくださいました」

番頭らしい中年の男が、指示を出しながら咲江を出迎えた。

「お世話さま」

鷹揚に咲江がうなずいた。

「お濯《すす》ぎを持っておいで」

「大丈夫。船やったから、足下は汚れてへんし」

足を洗う水を用意しようとした番頭を、咲江が制した。

歩く旅は、砂埃《すなぼこり》で足下が汚れた。そのまま家にあがると、土を持ちこむことになる。そこで、家に入る前に足を洗うようになっていた。

「さようでございまするか。では、どうぞ」

番頭が先導した。

日本橋は江戸の中心になる。家康が江戸に出てきて以来という歴史と、東海道の起点であるという繁華さが同居しており、土地代金も高い。よほどの大商人でなければ、日本橋に店を構えることはできなかった。

その日本橋で三代続いた酒問屋播磨屋は大店であった。

「よろしゅうに」

咲江が奥の居間へと入った。

「よう来た」

恰幅のいい老年の商人が笑顔を浮かべた。

「大おじいはん」

「ああ」

咲江の確認に、播磨屋伊右衛門《いえもん》がうなずいた。

「よう似とるな。姉に」

大坂へ嫁に行った姉を思い出した播磨屋伊右衛門が目を細めた。

「おおきに」

咲江が礼を口にした。

「おばあはんのこと好きやねん。大好きなおばあはんに似てる言うてもろてうれしいわ」

「よい娘だな」

「ええ」

播磨屋伊右衛門の隣に座っていた品のよい老婆がほほえんだ。

「大叔母はんですか」

咲江が訊いた。

「そうなるわね。糸《いと》と言います」

老婆が名乗った。

「お初にお目にかかります。大坂町奉行所同心西の娘咲江でございまする。この度は、我が儘をお引き受けいただきかたじけなく存じまする」

姿勢を正して、咲江があらためて挨拶をした。

「ちゃんとした挨拶もできるな」

「本当に」

大叔父夫婦が顔を見合わせた。

「武家の娘やで、あたしは」

いきなり咲江が崩した。

「お俠《きゃん》なところを、しっかり受け継いでる」

播磨屋伊右衛門が苦笑した。

「賑やかになってよろしゅうございましょう」

糸が手を叩いて喜んだ。

「他のお方はんは」

店の跡継ぎである若旦那やその連れ合い、子供の姿を咲江が探した。

「少し離れたところに家作があってね。そっちにいるの」

寂しそうに糸が答えた。

「ご一緒やおまへんのん」

「嫁とこれの折り合いが悪くてね。嫁が一度、子供を連れて実家へ帰ってしまったことがあったんだよ」

少しだけ苦そうな声で、播磨屋伊右衛門も述べた。

「珍しい……」

咲江が驚いた。嫁は、その字のとおり、家につくものとされている。簡単に実家に泣きつくようなまねはできないはずであった。

「男兄弟に挟まれた一人娘でね。あちらさんが……」

それ以上を糸は口にしなかった。

「播磨屋さんよりも大店ですの」

「ああ。同じ日本橋の回船問屋三河屋《みかわ》さんの娘でな」

咲江の問いに播磨屋伊右衛門が教えた。

「三河屋さん……そこの大きな樽を看板にしている……」

播磨屋にいたる前に、その店を咲江は見ていた。

「後で紹介はする」

「はあ……」

「そういう事情もあってね。ここには、わたくしたちしかいないから、気兼ねなくいてくれればいいから」

「ああ。そうだよ」

「おおきに。では、甘えますけど、なんかありましたら、いつでも言うてくださいな。上方者で、こっちの慣習なんぞ、なんも知りまへんよってに」

遠慮なく滞在していいと言ってくれた大叔父夫婦に、咲江が頭を下げた。

「長旅で疲れただろう。部屋に案内させるから、夕餉までゆっくりするがいい。お種《たね》」

咲江をねぎらった播磨屋伊右衛門が、手を叩いて女中を呼んだ。

「お呼びで」

すぐに襖《ふすま》が開いて、種と呼ばれた女中が顔を出した。

「大坂から来た西咲江さまだ。当家にご逗留《とうりゅう》いただく。奥の八畳間へご案内しておくれ」

身内ではあるが、身分は武家の娘である咲江が高い。身内だけのときならばいいが、他人がいるときは、きっちりした線を引かなければならない。播磨屋伊右衛門の言葉遣いが変わった。

「はい」

種が首肯した。

「咲江さま。この女中が、身の回りのことをさせていただきまする。なんなりとお申し付けくださいませ」

播磨屋伊右衛門が紹介した。

「種と申しまする」

「よろしくお願いいたします」

頭を下げた中年の女中に、咲江が鷹揚に応じた。

三

千両富殺しの調べは、遅々として進まなかった。

「どうなっておるのだ」

十日が過ぎても、何一つ報告があがってこないことに曲淵甲斐守が焦《じ》れた。

「行きずりの仕業であれば、なかなかに」

呼び出された筆頭与力竹林一栄が言いわけした。

「全力をあげよ」

配下にふてくされられては、仕事がはかどらなくなる。激励の言葉で我慢した曲淵甲斐守は、翌朝、登城したところで寺社奉行松平伊賀守忠順《まつだいらいがのかみただより》から呼び止められた。

「甲斐守どのよ」

「なんでございましょう」

曲淵甲斐守は軽く礼をした。

町奉行と寺社奉行では格が違う。寺社奉行は大名役で、勤めあげた後は若年寄、大坂城代、京都所司代などへと出世し、老中に至る者も多い。さすがに配下扱いはされないが、それでも格下としてあしらわれても文句が言えないほどの差はあった。

「千両富くじの当たりを引いた者が殺されたそうだの」

「伊賀守さまのお耳にも届きましたか」

言われた曲淵甲斐守が、わずかに頬を引きつらせた。

「死体が見つかったのは、町屋でおぬしの管轄ではあるが、ことが富くじに端を発しておる。そして富くじは、寺社奉行の範疇《はんちゅう》。となれば、当方から人を出しても問題はないと考える」

「おそれながら、町屋でのことは町方の仕事。お寺社の方にお手出しをいただかなくとも大事ございませぬ」

縄張りへの口出しは遠慮してくれと曲淵甲斐守は婉曲《えんきょく》に断った。

「聞けば、この度のこと、上様のご興味を引いたらしい」

「上様の……」

曲淵甲斐守の顔色が変わった。

「誰がお耳に入れたかは知らぬが、庶民にとって千両は大金、それを奪われたとあっては、さぞかし無念であろうとお側の者へ漏らされたようじゃ」

「……………」

曲淵甲斐守は黙った。

「これ以上上様にご心労をおかけするわけにはいくまい」

「それは、仰せのとおりでございまする」

扇子を強く握りながら、曲淵甲斐守も同意した。

「どうじゃ、手を貸してやろうか」

「お心はありがたいですが、町屋のことはわたくしの責務でございまする。どうぞ、お気遣いなく」

はっきりと曲淵甲斐守が断った。

「その心意気やよし。ただし、これ以上の遅滞は、上様への御前体もある。この月中に目処がつかぬようであれば、余が上様へ名乗り出るゆえ、心しておけ」

「それは、伊賀守さまのお言葉とは思えませぬ。寺社奉行さまが町奉行の管轄に手を出されるなど……」

曲淵甲斐守が抗議をした。

「黙れ」

それを松平伊賀守が遮った。

「最初に他人の懐へ手出ししてきたのはそちらではないか」

松平伊賀守が怒鳴りつけた。

「な、なんのことでござる」

怒りの理由がわからず、曲淵甲斐守が戸惑った。

「富くじの借りは、富くじで返す。覚悟しておけ」

そう宣して松平伊賀守が離れていった。

「……なにをしでかした。町方どもは」

感応寺の勧進富で掏摸を二人捕縛したことを得意げに述べていた竹林一栄の顔を思い出した曲淵甲斐守が、松平伊賀守の言いがかりの原因に嘆息した。

刻限まで江戸城に残らざるを得なかった曲淵甲斐守は、苛立ちを悟らせないように努力して、執務をこなした。

「お先でござる」

月番優先という慣例を破って、曲淵甲斐守は南町奉行牧野大隅守より早く下城した。

「お帰り」

玄関に詰めている内与力が、曲淵甲斐守の帰邸を報せた。

「竹林を呼べ」

曲淵甲斐守は駕籠から降りるなり命じた。

「なにか御用でございましょうや」

竹林一栄がすぐに奉行執務室へ顔を出した。

「富くじ殺しの一件、どうなっておる」

「先日も申しましたように、縁故ではなく……」

「今日、松平伊賀守さまより、お問い合わせがあったぞ」

同じ逃げ口上を使おうとした竹林一栄に、曲淵甲斐守がかぶせた。

「……寺社奉行さまが……なにを」

竹林一栄が首をかしげた。

「下手人を捕まえられぬようならば、寺社が一件を受け持ってもよいと言われたわ」

「なにを仰せでございますやら。町屋のことは町方がなすべし。これは神君家康さまのころからの決まりでございまする」

馬鹿なことをと竹林一栄が笑った。

「…………」

「きっぱりとお断りをいただきましたでしょうや」

黙っている曲淵甲斐守に、竹林一栄が確認を求めた。

「お奉行さま……」

反応しない曲淵甲斐守に、竹林一栄が怪訝な顔をした。

「伊賀守さまからな、叱られたわ。他人の懐に手を入れたのは、そちらが先だとな」

「……くっ」

言われた竹林一栄が、驚愕した。

「なにをした。有り体に申せ」

曲淵甲斐守が詰問した。

「……なにかのおまちがえではございませぬか。我ら、身に覚えなどございませぬ」

竹林一栄がごまかそうとした。

「ほう、伊賀守さまの思い違いだと言うのだな」

「ではないかと」

あくまでも竹林一栄は認めなかった。

「わかった。下がっていいが、伊賀守さまより日限が切られた。この月中に目処がつかねば、寺社奉行に探索を任せていただけるよう上様へ願うとのことじゃ」

「そのようなこと……」

「できまいな。上様はご英邁《えいまい》じゃ。職域をこえた手出しは、かえって混乱を招くだけとご存じである。おそらく、伊賀守どのの嘆願は認められまい」

「ならば、問題はございませぬ」

曲淵甲斐守の話に、竹林一栄がほっとした。

「だがの。そのような願いが出たならば、事情を訊くべく、上様は儂をお召しになられよう。解決の遅さについてのお叱りをいただくことになる。となれば、儂は職を辞さねばならぬ」

「………」

町方にとって町奉行は取り替えのきく飾りでしかない。竹林一栄はなにも口にはしなかった。

「奉行だけの責任で終わると思うなよ」

「なにをおっしゃいますので」

低い声で告げた曲淵甲斐守に、竹林一栄がとぼけた。

「死なばもろともよ。儂も寄合へ落ちる。そのとき、少なくとも吟味方の与力、廻り方の同心も道連れにしてくれる」

「町方は、他の役目と違いまする。咎めを受けることなどございませぬ」

他の役目と違い、町方は特殊である。その風俗、慣習、人脈などは、親子の間で継承されていく。他から町方へ来て、どうにか務まるというものではない。町方は代々の世襲であると竹林一栄が嘯《うそぶ》いた。

「目見えのできぬ御家人の分際で、なにを誇らしげにしておる。なにより、同心たちは一代抱え席でしかない」

冷たく曲淵甲斐守が告げた。

与力は譜代であるが、同心は一代限りとされていた。もっとも、その役目柄、親が隠居する前に、息子が見習いとして出仕、そのまま継ぐ形を取っている。とはいえ、これは黙認でしかない。

「もう一つ、与力がそのままでいられるという保証はないぞ。与力が異動した例はある」

「みょうなことを」

断言する曲淵甲斐守に、竹林一栄が困惑していた。

「知らぬとは言わさぬぞ。享保四年（一七一九）正月のことを」

「古いことでございますな」

年月を指定されてもまだ、竹林一栄ががんばっていた。

「元禄十五年（一七〇二）より設けられていた中町奉行所が廃止された」

「…………」

今度は竹林一栄が黙った。

もともと南北の町奉行所というのは、その立っている場所が、北側か、南側かからできたもので、管轄とはかかわりなかった。

やがて江戸の町が膨れあがり、南北の奉行所では江戸の治安が心許ないと考えた当時の老中たちは、両奉行所の中間にもう一つ奉行所を作った。その奉行所は立地から中町奉行所と呼ばれた。

中町奉行所の新設に伴い、与力同心を増員しなければならなくなった幕府は南北両奉行所から出向させた他、幕府から諸藩へと移行した五街道の関所番を転属させることで賄った。

が、中町奉行所ができた結果、かえって身動きが取りにくくなることが多く、わずか十七年で廃止になった。となれば属していた与力同心は不要になる。南北両奉行所から出向となっていた者のほとんどは、もとの所属に戻されたが、残りは先手《さきて》組へと移された。

「このとき、譜代の町奉行所与力だった二人が、お先手組へと送られた。そうだな」

「…………」

竹林一栄が口を閉じた。

「前例はある。己だけは別だと思わないことだ」

曲淵甲斐守が、脅した。

「どうすれば」

初めて竹林一栄が指示を求めた。

「この月中に下手人を捕らえろ。そうすれば、寺社は手出ししてこぬ」

「寺社へのちょっかいは……」

命じた曲淵甲斐守に、富くじの余得について竹林一栄が問うた。

「儂は知らぬ。そちらでうまくやれ」

曲淵甲斐守は、勝手にしろと言った。

「……わかりましてございまする」

なんとも微妙な表情で竹林一栄が下がった。

「亨、亨」

大声で曲淵甲斐守が亨を呼んだ。

「……これに」

隣室に控えていた亨が、襖を開けた。

「近《ちこ》う寄れ」

曲淵甲斐守が手招きした。

「声を出すな」

近くに来た亨に、まず曲淵甲斐守が注意をした。

「富くじを調べろ」

「……富くじのなにをでございましょう」

あまりに漠然とした指示に、亨は困惑した。

「庶民どもの射幸心を煽《あお》るような富くじは、禁ずるべきだと思う。今回の事件でもそうだ。持ちつけぬ大金を得なければ、殺されるようなことはなかっただろう。とはいえ、富くじは、寺社奉行の管轄じゃ。儂が口出しをするわけにはいかぬ」

「はあ」

なにを主君が言いたいのかわからない亨は、あいまいな返答しかできなかった。

「どうやら、竹林たちが富くじの利に手を出したらしい」

「それは……」

思わず亨の声が大きくなった。

「抑えよ」

曲淵甲斐守が亨を叱った。

「申しわけございませぬ」

あらかじめ注意せよと言われていたのに失態をした。亨は深く頭《こうべ》を垂れた。

「そのことで寺社奉行から、苦情が来ている」

「ならば、竹林どのを呼んで、お叱りになられれば」

「無理だ。町方は奉行の口出しを好まぬ」

「好む好まぬの問題ではございますまい。お奉行さまの命に服さぬなどあってはならぬことでございまする」

亨が興奮した。

「たわけ。そなた、もう忘れたか、大坂を」

「うっ……」

主君に指摘されて、亨は詰まった。

江戸北町奉行に抜擢《ばってき》される前、曲淵甲斐守は大坂西町奉行であった。大坂は日本中の富が集まる町で、武家よりも商人が力を持っており、なかなかに治めにくい土地柄であった。

その大坂で曲淵甲斐守は、もっとも町人と縁の深い町奉行を四年にわたって務めていた。亨も曲淵甲斐守の下で働いたが、町人の金に飼われている町方役人の抵抗に苦労させられた。

「町方には、名誉がない。名誉が与えられない。どれだけ下手人を捕まえて、手柄を立てても出世はない。となれば、行き着く先は、金しかない」

「それはわかりますが、幕府役人として……」

「現実を見ろ。理想だけで、町方はできぬ」

まだ言いつのろうとした亨を、曲淵甲斐守が叱った。

「……はい」

亨は小さくなった。

「よいか。金を奪えば、町方はなにもしなくなるぞ」

曲淵甲斐守が厳しく諭した。

「金のことは、止むを得ぬこととして見逃す。もちろん、やりすぎたときは、許さぬがな」

「心しておきまする」

「うむ。小さな余得を突《つつ》くなよ」

曲淵甲斐守が釘を刺した。

「さて、話を戻すぞ。そなたも知ってのとおり、千両富が当たった男が殺された。あれから十日が過ぎたが、いまだ満足な結果は出ておらぬ」

「はい」

亨も同意した。

「そこを寺社奉行松平伊賀守に突かれた」

曲淵甲斐守が敬称を取った。

「なぜ、寺社奉行さまが……」

「己の懐に手を入れられたから、怒ったのだ」

「懐へ……ああ、それが富くじの余得でございましたか」

やっと亨は気づいた。

「役人というのは、己の縄張りに他人が踏みこむことを嫌がる。言い換えれば、己の権益に手出しされることを許さない」

「…………」

主君曲淵甲斐守も役人である。うなずくわけにはいかなかった。

「それを竹林どもはした。わずかばかりの金に目がくらんでな」

「はあ」

吐き捨てた曲淵甲斐守に亨はあいまいな返答をした。

「その報復であろうな。松平伊賀守が、この殺しに口を出してきた」

「管轄が違いましょう。寺社奉行は、町方に手を伸ばせないはず」

亨は驚いた。

「こちらが先に、向こうの懐を探ったのだ。こちらとしては、手出しされても、あまり強硬な対応はできぬ」

一度言葉を切った曲淵甲斐守が続けた。

「もちろん、強く拒むことはできる。こちらが手出ししたのは、目に見えぬ裏。向こうがやろうとしているのは、表。ご老中さまに申しあげれば、伊賀守も引かざるを得ぬ。ただ、それをするわけにはいかぬ。寺社奉行を敵に回すのは、まずい。まず、咎人どもが寺社へ逃げこんだときの引き渡しを断られる。さらに寺社への立ち入りも拒まれかねぬ。なにより、寺社奉行は若年寄や京都所司代を経て、老中へと出世していくことが多い。老中になってから意趣返しをされたら、儂は終わる」

曲淵甲斐守の顔が苦渋にゆがんだ。

江戸町奉行は、幕府三奉行の一つである。主な任は江戸の治安、行政、防災などであるが、評定所での裁定に参加する権利もあり、幕政への参画も許されている。やはり三奉行の一つである勘定奉行よりも上席であり、まさに旗本の顕官と言える。しかし、江戸町奉行を経験したといっても、それ以上の出世はもうなかった。身分や格があがるだけを出世と言うならば、大目付や留守居などへの異動がある。だが、どちらもすでに実権を失っている。

大名目付と言われた大目付は、幕初こそ大名を潰し続け、江戸城でもっとも怖れられたが、由比正雪《ゆいしょうせつ》の乱以降浪人の増加に歯止めをかけたい幕府の意向で、実際の仕事を奪われた。

留守居もそうだ。将軍が江戸城を離れている間の代理役の留守居だが、将軍の外出がなくなってしまえば、出番などなくなる。

大目付も留守居も、名前だけの役目に落ちていた。

なにより旗本は執政になれなかった。町奉行でございと威を張ったところで、老中の配下に過ぎない。老中の一言で、左遷、罷免された。

「いかがいたせば……」

主君に近づいた危機を、亨は認識した。

「この月中に、富くじの当たりを引いた男を殺した下手人を捕まえる。それだけでいい」

「この月中……もうあと十日ほどしかございませぬ」

亨は顔色を変えた。

「さきほど、竹林にも厳命しておいた。できねば、儂は町奉行を辞めねばならぬが、おまえたちも道連れにするとな」

曲淵甲斐守が告げた。

「わかりましてございまする。では、早速に」

寸刻も惜しいと、亨は立ちあがった。

四

北町奉行所臨時廻り神山元太郎は、押しつけられた仕事に不満を漏らしていた。

「まったく、役立たずを定町廻りなんぞにするから、こんな羽目になるんじゃねえか」

「旦那、落ち着かれて」

配下の御用聞き、猫の玉吉が宥《なだ》めた。

「てめえ、あいつの肩を持つつもりか」

「とんでもねえ。あっしは、神山の旦那から札をもらっているんですぜ。砂原の旦那には、これっぽっちの恩もございませんよ」

慌てて猫の玉吉が首を横に振った。

「わかっているならばいい」

まだ納得していない顔で、神山元太郎が言った。

「で、殺された吉次郎の周辺はわかったのか」

「へい。吉次郎は八王子の百姓太郎左《たろうざ》の三男で、兄が二人、姉が一人いやす」

猫の玉吉が告げた。

「親は、まだ生きてるんだろう」

「あいにく、三年前の流行病《はやりやまい》で死んでいるそうで。兄が田畑を継いだため、家を出て江戸へ出てきたと」

「居づらくなったか。百姓の次男以下は、給金を出さずに使われ、奉公人以下の扱いを受けるというからな。で、江戸へ出てきてからはどうしていた」

「丁稚奉公のできる年齢でもなかったので、そのまま下働きに」

下働きは、その日暮らしの一つであった。特定の親方について仕事を求め、その日その日の用に応じる。左官仕事の下塗りから、後片づけ、使い走りまでなんでもやった。

「吉次郎はいくつだ」

「二十二歳になっていたみたいでございやす」

猫の玉吉が述べた。

「そりゃあ、無理だな。とうが立ちすぎている。奉公に出るなら、六歳から十歳、止む得ぬ事情があっても十六歳まで。大人を奉公に取る店はない」

神山元太郎が小さく嘆息した。奉公は、衣食住を賄う代わりに、薄給あるいは無料で働かされることだ。店としてもいろいろなことを覚えてもらわなければ困るため、すんなり言うことを聞かなくなる大人は不要であった。

「兄姉にみょうなところはなかったか」

「へい。追い出されるようにして八王子を出たせいか、一度も連絡を取ってはいなかったようで、今回のことを聞かされて、目を剝いてやした」

猫の玉吉が報告した。

「弟が死んだことより、千両はどうなるんだ、見つかったらもらえるんだろうなと、そればかり訊いてきたと、行かせた若い者があきれておりやした」

「そんなもんだろう。金の前に、兄姉の情なんぞもろいものよ。しかし、そうなると身内の仕業じゃねえな」

あっさりと神山元太郎が断じた。

「あっしもそう思いやす」

猫の玉吉も同意した。

「長屋の連中はどうだ。千両富が当たったことは知っていただろう」

「知っておりやした。勧進元の看板を背負った男二人が、ついて帰ってきたという
ことで、騒然となったようでございます」

「だろうな。で、長屋の連中はあやしくねえのか」

「どこが生国かもわからねえような貧乏人ばかり住んでる長屋でござんすからねえ。

あやしくないとは言い難いところもございますが……」

猫の玉吉が最後を濁した。

「はっきり言え」

神山元太郎が命じた。

「盗賊と美人局《つつもたせ》の連中がおりやした」

「……盗賊だと。捕まえたか」

「それが、一度捕まって八丈島へ流された野郎で、ご赦免を受けて江戸へ戻った男
でございまして」

「ご放免ものか。以降、罪を犯してなければ、捕まえられぬな」

神山元太郎が納得した。

「美人局も、貧乏長屋へ落ちてきたほどでございますので」

「年老いて男をだませなくなった女か」

すんなり神山元太郎が理解した。

美人局とは、美しい女に言い寄られて、手を出そうとしたところに男が出てきて、脅しあげて金を要求するものだ。当然、女は人並み優れた容色か、あるいは男好きする身体をしていなければ、間抜けな男を釣る餌にならない。

「へい」

「場末の長屋へ流れてくるような連中に、殺しなんぞできやしねえな」

神山元太郎が首を左右に振った。

「なにより、それだけの大事をやって、素知らぬ顔で同じ長屋に居続けるなんぞ、よほどの肚《はら》がないとできやしねえ。そんな奴が、けちな盗みや美人局なんぞするわけはねえな」

「ご説のとおりで」

猫の玉吉も同意した。

「となると、残りは二つか」

「二つでござんすか。一つは流しの仕業でございましょうが、あと一つは」

わからないと猫の玉吉が首をかしげた。

「あと一人いるだろうが……吉次郎が、千両富に当たったということを知っている野郎がよ」

神山元太郎が苦い顔をした。

「……勧進元でござんすかい」

一瞬考えた猫の玉吉が驚いた。

「では、今から参りましょう。きつい質問を浴びせてやれば……」

猫の玉吉が勇んだ。

「ならねえ」

「……なぜでござんすか」

「勧進元への手出しは、筆頭与力さまがお許しにならねえ」

「ですが、もし、勧進元が下手人だったら、どうなさるんで」

首を横に振った神山元太郎に、猫の玉吉が驚いた。

「もし、そうだったら……面倒なことになるぞ」

大きく神山元太郎が嘆息した。

亨は、北町奉行所のある常盤橋御門を出て、谷中へと向かった。

「ここが感応寺だが……」

富くじが開かれていない感応寺は、静かであり、門前町にも人影は少なかった。

「僧侶に訊くわけにもいかぬな」

勧進富くじは、寺にあるていどの金は入るが、その主催者ではない。話を訊いたところでさほど収穫があるとは思えなかった。なにより、僧侶は寺社奉行と繋がっている。ただちに北町奉行所の内与力が来たことを、寺社奉行へと報されかねなかった。

亨は山門前で手を合わすだけにして、なかには入らず、門前町へ戻った。

「茶店が開いているな」

亨は山門から少し離れた茶店を選んだ。

「邪魔をする」

「おいでなさいませ」

すぐに若い女が茶を持ってきた。

「団子ももらおうか」

「しばしお待ちを」

若い女が奥へと引っこんだ。

「お待たせをいたしました」

二串の団子を載せた皿が、待つほどもなく出された。

「うむ」

うなずいて亨は、茶と団子の代金として波銭を二十枚置いた。

「お武家さま……」

茶が二、三文、団子が二串で十文。合わせて十五文も出せばいい。若い女への心付けを含めても二十文から三十文。それに亨は四文銭を二十枚、八十文出した。茶店の女が驚いたのも当然であった。

「よい。取っておけ」

亨は手を振って、金を仕舞えと促した。

「ありがとう存じまする」

茶店の女が喜々として懐へ波銭十七枚を入れ、三枚だけ盆の上に残した。

この辺りの機微は大坂で学んだ。ここで心付け代わりにと一朱出すのはまちがいであった。一朱はおよそ三百文から四百文になる。十二文ほどの茶代の心付けとしては多すぎる。ここまで出すのは、茶店の女に別の目的を見せつけるためになる。そう、茶店の女を口説く気持ちがあると表明するも同然であった。初対面の武家からそういった扱いをされれば、若い女は警戒する。その辺りを考えて八十文はいいところであった。

「少し話を訊きたい」

「なんでございましょう」

過分な心付けをもらった茶店の女が、にこやかに応じた。

「感応寺では千両富がおこなわれているな」

「はい。お武家さまもあの一件を」

茶店の女が先回りをした。

「そうだが、吾《われ》以外にも訊きに来た者がおるのか」

亨の興味が変わった。

「わたくしに直接ではございませんが、この辺りの店の者が顔を合わせばその話ばかりでございまする」

「どのような者が来ている。ああ、拙者は北町奉行所の者だ」

身元を明らかにしないと、訊くものも訊けなくなる。亨はおおざっぱながら身分を話した。

「お町の旦那でございましたか」

「そうだ」

あからさまではないが、茶店の女の雰囲気が少し柔らかくなった。何者かわからない男に、話をする不安があったのだろうと亨は受け取った。

「旦那と同じ、北町の同心方、御用聞きの親分さん。あと南の旦那衆もお出でになりました」

「なるほどな」

当たり前の内容に、亨は納得した。

「そうそう、お寺社の小検使さまもお出でになりました」

「寺社奉行の」

「はい。お名乗りにはなられませんでしたが、いつも感応寺の富くじにお立ち会いになられるお方でございましたので、お顔を存じておりました」

茶店の女が述べた。

「いつだ」

「三日ほど前だったかと」

問われた茶店の女が答えた。

「……三日前」

亨は首をかしげた。

曲淵甲斐守が寺社奉行の松平伊賀守から話をされたのは今朝である。

「すでに動いていたか……」

眉間に皺《しわ》を寄せて亨は呟《つぶや》いた。

「お武家さま」

黙った亨に、茶店の女が声をかけた。

「ああ、すまなかったな。念のために訊きたいが、なにか知っていることはないか」

「わたくしの知っていることなんぞ、瓦版と変わりません。殺された男の人の名前と住居くらいですから」

茶店の女が首を左右に振った。

「そうか。では、あと一つ教えてもらいたい」

亨は富くじの勧進元を尋ねて、茶店を後にした。

勧進元の家は、すぐに見つかった。

「北町の旦那が、またなんの御用でござんすかね。これ以上は無理でござんすよ」

鶯谷の鴨兵衛は、嫌な顔で亨を出迎えた。

「そういうことか」

鴨兵衛の反応から、亨は悟った。

「金の話ではないぞ。それに吾はかかわりはない」

「では、なにを」

金の要求ではないと伝えたことで、少し鴨兵衛の口調が穏やかなものになった。

「まずは、名乗っておこう。北町奉行所内与力の城見亨である」

「内与力……」

鴨兵衛が怪訝な顔をした。

「吾は町方の者ではなく、奉行曲淵甲斐守の家臣よ。主君が町奉行の職にある間だけ、与力として奉行と町奉行所役人の間を取り持つのが仕事でな」

亨がざっくりとした解説をした。

「さようでございましたか。町方の旦那衆ではないと」

「申したとおり、主君が町奉行でなくなれば、吾もただの家臣に戻る」

亨が代々の町方ではないと強調した。こうすることで、町方への不満を持っている鴨兵衛の矛先を鈍らせようとした。

「では、本日はどのようなご用件で」

かなり鴨兵衛の対応が変わった。

「知っていると思うが……」

人殺しの話を調べていると亨は告げた。

「なにもお話しすることなぞございません」

協力できることはないと、鴨兵衛が首を横に振った。

「そうか。残念だが、いたしかたないな」

亨は退いた。

「もう北町の者が来て、話を訊いたとあれば、二度も三度もはうるさいか」

「えっ。それについては、どなたも……」

納得しかけた亨に、鴨兵衛が怪訝な顔をした。

「……ところで一つ教えてくれぬか」

「なんでございましょう」

一瞬、沈黙した亨は話題を変え、鴨兵衛が応じた。

「千両富の余得とはどのくらいのものになる」

「……っ」

質問の内容に、鴨兵衛が息を呑んだ。

「それは……」

「つごうが悪いか」

「ご勘弁を」

鴨兵衛が頭を下げた。

「では、これだけは話してもらいたい。この度、北町の与力から求められたものは、寺社奉行の配下に渡していたものとは別勘定か」

「……いいえ」

じっと見つめてくる亨に押し負けて、鴨兵衛が首を左右に振った。

「となると、寺社奉行が従来もらっていた分の一部を、町方が奪ったと」

「…………」

確認した亨に、鴨兵衛は無言で肯定した。

「割合は五分と五分か」

「いいえ。六分と四分で」

「寺社が六で、町方が四だな」

「…………」

ふたたび鴨兵衛が沈黙した。

「助かった。邪魔をしたの」

礼を口にして、亨は鶯谷の鴨兵衛宅を後にした。

「思ったよりも、手間を喰ったが……誰も北町が鴨兵衛のところへ来ていないというのはなぜだ……」

大きな疑問を亨は持った。

「ご報告申しあげるには、いささか確信がない」

多忙を極める主に、あいまいな話は避けるべきだと亨は考えた。

「戻るか」

曲淵甲斐守から下命を受けたのが、八つ（午後二時ごろ）すぎだというのもあって、すでに日は大きく傾いていた。

「今日は、ここまでだな」

暗くなってしまえば、人通りもなくなる。これ以上の聞きこみはまずできなかった。

第三章　吉原の理

一

　咲江は、西海屋の大坂本店から江戸店へ派遣された手代の伊兵衛を供に、常盤橋御門内の北町奉行所を目指した。

「嬢はん、訪ねていきはりませんのでっか」

　伊兵衛が北町奉行所の前で足を止めた咲江に訊いた。

「昼日中《ひるひなか》から、女が訪ねていく。そんなことしたら、城見さまの評判が悪なるやんか。将来の旦那さまの足を引っ張ってどうすんねん」

　咲江が咎めるような目で伊兵衛を見た。

「へえ」

叱られた伊兵衛が首をすくめた。

「なら、なんで北町奉行所へお出でになったんですかいな」

「ここで見ていれば、城見さまが出てこられるかも知れへんやろ。外で偶然会うなら、変な噂は立たへんし」

咲江が説明した。

「えええ、あてどもなく、ここで待ちますのん」

伊兵衛が驚いた。

「そうや。嫌なんやったら、帰ってええで。店に戻って働き」

手を咲江が振った。

「勘弁しておくれやすな。嬢はんを置いてきたなんて大旦那さまに知られたら、この首飛びますがな」

自分の首を伊兵衛が撫《な》でた。

「ほな、文句言いな」

咲江が冷たくあしらった。

「この辺には茶店もないし……ずっと立ちっぱなしは、かなわんなあ」

伊兵衛が嘆息した。

江戸城の内廓のなかである。店などあるはずもなかった。

「門を出たらあきまへんので。橋を渡ったところに、茶店がおました」

堀際には、葭簀《よしず》を掛けた茶店や、露店がいくつか出ていた。伊兵衛がそちらで待ってはどうかと勧めた。

「常盤橋御門を出るとは限らんやろ。この塀際をたどれば、他の門からも出られるやん」

見逃すからだめだと咲江が首を横に振った。

「ここで一日立ってたら、日焼けしまっせ」

「…………」

「足太なりまっせ」

「…………」

「汗臭くなってもよろしいんで」

「……茶店に行こ」

咲江が踵を返した。

茶店といったところで、葭簀で囲まれた区画に床机がいくつか置かれているだけの簡素なものであった。

これは大名行列や、登城する旗本たちを見物する者たちのためのもので、いざとなればさっさと撤収できるよう考えられていたからである。

「姐《ねえ》や、茶と団子を二皿や」

伊兵衛が注文した。

「どうぞ、おかけやす」

女ではなく老爺が床机へ二人を誘導した。

「おおきに」

一人で切り盛りしている老爺に礼を言いながら、咲江は常盤橋御門が見やすい位置に腰を下ろした。

「親爺さん、ちょっと人待ちしたいねん。これは迷惑料込みや」

「…………」

伊兵衛が最初に一朱を親爺に渡した。それに対し、咲江は文句をつけなかった。

下手すれば一日床机を一つ独占することになる。その間の売り上げ補助と心付けを加えれば、妥当なところであった。

「これは、ありがとうさんで。お好きなだけおいでくださいや」

親爺が喜んで受け取った。

「どうぞ」

色が付いた白湯といった、薄い茶が用意された。

「ようこれでお金を取るわ」

茶を一口含んだ咲江が呟いた。

「こんなもんでっせ。茶代は志ですよって」

江戸店での経験もある伊兵衛が述べた。

「いくら志やというても、大坂でこんなん出してたら、客けえへんなるで」

咲江がため息を吐いた。

「江戸は文句を言わない土地でっさかい」

「文句を言わない……」

意味がわからないと咲江が怪訝な顔をした。

「言わないというのは、あれですけど……上方のように二文、三文、いや数十文くらいのことでがたがたは言いまへん。細かい男やというて、女から嫌われますよって」

伊兵衛が話した。

「あほちゃうか、その女」

咲江があきれた。

「金は大事なもんや。金がなかったら、明日の米も買われへん。その金を無駄にするのが、ええ格好やと思うてるなんて、話にならへんわ。江戸がこんなんやから、武家は商人から金を借り、頭があがらへんようになる」

厳しく咲江が糾弾した。

「さっさと、わたしが城見家の財布を預からな、たいへんなことになるえ」

「…………」

決意を新たにする咲江に、伊兵衛が天を仰いだ。

「嬢はん、なんで旗本の家臣に執心しはりますん。惚《ほ》れた腫れたで一生いけまへんで。ご自身がおっしゃったように、人生には金が要りま。大坂でお嫁に行かれたほうが、絶対楽ですやろ」

伊兵衛が疑問をはっきりと口にした。

「恋は思案の外や。城見はんのためなら、手にひびあかぎれを作ってもええと思うんや。もちろん、恋やからな、いつかは冷めるやろ。冷めたら、冷めたときに考えたらすむ。今は、この思いを大事にしたいねん」

咲江が柔らかい表情で語った。

「恋患いでっか。しかも重病。お医者さんでもどうにもできまへんな」

伊兵衛があきらめた。

「……出てきた」

半刻（約一時間）ほど待ったところで、咲江が歓喜の声をあげた。

「どのお方で……」

かなり離れている。伊兵衛は常盤橋御門を出入りする武家も多いため、見つけられなかった。

「あの黒の羽織のお方。ほら、今、向こうから三つ目の欄干、あっ、橋の真ん中……」

「どれですねん」

次々と居場所の移動を告げる咲江に、伊兵衛が目をあちこちにして混乱した。

「もう、行くえ」

咲江が立ちあがって、茶店を出ていった。

「あ、嬢はん。待って……」

慌てて伊兵衛も後を追った。


亨は曲淵甲斐守の命を果たすため、続けて市中へ出かけていた。

「霊厳島に行っても意味はないか」

流れ着いたのが霊厳島で、吉次郎が殺された場所ではない。そこを見ても、あまり役立つとは思えなかった。

「どこで殺されたかだけでもわかれば……」

今朝、竹林一栄から曲淵甲斐守へなされた報告でも、いまだ一件に大きな進展はなかった。

「川沿いを闇雲に歩いたところで、見つかるとは思えぬ」

それくらいで殺害場所がわかるならば、とっくに町方が調べあげているはずだった。

「長屋に行ってみるか」

昨日は行けなかった吉次郎の長屋へ、亨は足を向けた。

「城見さま」

その亨の正面に、咲江が出てきた。

「えっ……まさか。いや、そんな。ここは大坂ではない」

咲江だと認識した亨は混乱した。

「嫌やわ。そんな場違いな幽霊を見たような反応は」

咲江が亨に文句を言った。

「……咲江どのだな」

「それ以外のなんやと言いはりますのん」

確認した亨に、咲江が怒ってみせた。

「どうして江戸に」

「見物に来ましてん。西海屋の出店があることはご存じですやろ」

咲江が口にした。

「西海屋の主から聞いているが……そこに滞在しておられるのか」

亭は居場所を問うた。

「店は男はんばっかりやから、おばあはんの実家に」

咲江がわざわざ男ばかりの出店には近づいていないと付け加えた。

「そうか。しかし、偶然であるな。このようなところで会うとは」

「偶然ちゃいまっせ」

感嘆する亭に、伊兵衛が小声で漏らした。

「要らんこと言いな」

咲江が伊兵衛を叱った。

「なんだ」

亭が首をかしげた。

「そんなことより、城見さまはどうなされておられますので」

咲江が話を変えた。

「吾は今、内与力をしておる」

「今度もでございますか。やはりお奉行さまを内側から支えるお役目」

大坂町奉行所でもよく似た役目をしていた亨である。咲江は納得した。

「では、忙しいので、またの」

亨は別れを告げた。

「千両富のことでんな」

伊兵衛が口に出した。

「それなに」

咲江が首をかしげた。

「嬢さんは、江戸へ来たばっかりやからご存じないですわな。千両富の……」

問われた伊兵衛が説明した。

「そんなことがあったんや」

咲江が驚いた。

「さすがは江戸や。大坂とは規模が違う」

「感心するところではないと思うが」

亨は嘆息した。

「では、そのお調べを城見さまは」

「ああ」

訊いた咲江に、亨は首肯した。

「今からどこへ」

「殺された吉次郎が住んでいた長屋を見て参ろうかと思っての」

亨は告げた。

「そこのお調べは、まだ」

「いや、すでに定町廻りと臨時廻りが行っておるはず」

終わっていないのかと尋ねた咲江に、亨は答えた。

「見落としがないかどうか、調べるべきだと思ったのだ」

亨は述べた。

「それはあきませんわ」

咲江が止めた。

「なぜだ」

「調べに行かれた方々の反発を買います。こちらのやったことに不満でもあるのかと」

「反発など気にしていては、御用が務まるまい」

言う咲江に、亨は反論した。

「変わってはりませんなあ」

咲江がほほえんだ。

「…………」

弟を見るような目をした咲江に、亨は鼻白んだ。

「猪突猛進。いえ、猪でも、もうちょっと周りを見ます」

楽しそうに咲江が言った。

「城見さまは、内与力になられた。内与力さまはお奉行さまと与力、同心の間を取り持つお役目だとさきほどお話をいただきました。その内与力さまが、同心たちから嫌われてどうしますのん」

「……むっ」

的確に突かれて、亨は詰まった。

「しかし、そこを調べねば、話が進まぬ」

もう長屋しか手がかりがないと亨は苦渋の顔をした。

「なら、違う話を訊きに行きましょ。それなら、大事おませんやろ」

咲江が同行すると言い出した。

「嬢はん。御上の御用の邪魔をしたらあきまへんで」

伊兵衛が慌てた。

「大丈夫や。邪魔はせえへん。わたしは城見さまのあとをついていくだけやし」

咲江があっさりと述べた。

「さあ、行きましょ。城見さま」

「あ、ああ」

大坂でもさんざん引きずり回された。なにより、一度言い出したら聞かない強情さを咲江は持っている。亨はうなずくしかなかった。

「ご安心を。口出しは控えますよって」

亨の心うちを見抜いたかのように、咲江が付け加えた。

「そうしてくれ」

亨は歩き出した。

二

吉次郎の長屋は、山谷から少し離れた上野寛永寺門前町にあった。

「ちょっと伺いたい。ここに吉次郎という男は住んでいたか」

亨は長屋の井戸側で鍋を洗っている若い女に訊いた。

「吉次郎さんなら、死にましたよ」

あっさりと若い女が告げた。

「すまぬな。それは知っている。北町奉行所の者だ」

「お町の旦那でございましたか。きれいな女の人を連れておられるので、気づきませんでした」

「いややわ、きれいやなんて」

若い女に褒められた咲江が、身体をくねらせて恥じらった。

「こちらは……」

武家の娘とは思えない態度に、若い女が唖然とした。

「気にしないでくれ」

亭は手を振った。

「はあ」

なんとも微妙な顔で若い女が首肯した。

「話を訊かせてもらいたいが、今、よいか」

「洗いものをしながらでよろしければ。でも、もう話すことは話してしまいましたよ」

つごうを問うた亭に、若い女が応じた。

「かまわぬ。同じことを訊くかも知れぬが、その辺は許せ」

亭は前置きをしてから、質問を始めた。

「吉次郎が千両富に当たったというのを、いつ知った」

「富のあった日の夕方には、全員知ってましたよ。勧進元の看板半纏《ばんてん》を着た若い男が二人もついてきましたから。あと、本人が大声で叫んでましたよ。運が巡ってきたと」

若い女が苦笑していた。

「阿呆やわ、そいつ」

咲江が小さな声であきれた。

「祝いはなにかあったのか」

長屋は米の貸し借りなどで濃厚なかかわりを持つ。病を得たときの看病や粥の用意などもしてくれる。下手な親戚より、はるかにましであった。

婚姻、出産、出世などなにかあれば、長屋全体で祝うところも多かった。

「なんもありませんよ。あれだけ世話になっておきながら、赤飯の一つも配りやしない。一体誰が、風邪っぴきのときに、粥を差し入れてやったと……」

若い女が首を左右に振って否定した。一人望外な幸運を摑んだ吉次郎への、嫉妬がそこには含まれていた。

「それに当たった翌日から、いなくなりましたしね」

「翌日から……」

亨は驚いた。

「ええ。お昼前くらいに一張羅を着て、出ていきました。どこへ行ったかまでは、知りません」

冷たく若い女が否定した。

「城見さま……」

咲江が、亭の袖を引いた。

「吉次郎という男が、日頃からどのような望みを持っていたかをお問いくださいませな」

「日頃なにを考えていたかをでござるか」

亭は確認した。

「……そうでございますね。とにかく大きなことを口にしておりましたよ。いつか国に帰って、辺りの土地を買い占めて、親兄弟を小作として使うとか、株を買って侍になるだとか、吉原一の太夫を落籍するだとか」

若い女が亭の口を経る前に答えた。

「どれも長屋住まいの職人下働きにかなう夢ではないのに」

若い女が嘲笑した。

「城見さま……」

ふたたび咲江が亭の背中を突いた。

「ん……」

「もうよろしいかと」

振り向いた亨に、咲江が言った。

「吉次郎を恨んでいた者とか、金に困っていた者がいないかなどを訊かずともよいのか」

亨は首をかしげた。

「恨んでいた者は、知りませんけど……金に困っていた者なら、この長屋全部でございますよ。金に余裕があったら、この辺りでももっとも酷い雨漏り長屋に住んではいませんよ」

若い女が笑った。

「それもそう……いや、そうか」

納得しかけて、亨はごまかした。

「ほな、行きましょ。おおきにな」

咲江が一礼して、亨の手を引いた。

「さ、咲江どの」

男と女が手を繋ぐ。表でそれをするなど武家にはあり得なかった。亨は慌てて手を振りほどいた。

「……残念」

咲江が頰を緩めた。

「邪魔はせぬという約束だったであろう」

長屋を出たところで、亨が苦情を口にした。

「もう訊くことおまへん」

質問は終わっていたと咲江が言いわけした。

「どこがだ。恨んでいた者はわからなくとも、吉次郎の家を訪ねてきた者のことを訊くとか、長屋でもっとも金に困っていた者は誰かとか……」

「そんなん、一番最初に調べてますえ。もし、やってなかったら、江戸の北町奉行所は、大坂町奉行所の足下にも及ばへんということになります」

咲江が断じた。

「…………」

正論であった。亨は黙った。

「そちらは、廻り方に任せて大事おまへん。廻り方は、そういうのを専門にしてますから。そういった調べで廻り方に勝てる者はいませんわ。その任にある間だけ、家臣たちを与力、同心として使う寺社奉行なんぞに後れを取ることは絶対にありまへん」

咲江が断言した。

代々の大坂町奉行所同心の家に生まれただけに、町方としての矜持を咲江も持っていた。

「わかった。では、目的を果たしたというのは、吉次郎の望みというやつか」

「はい」

咲江がうなずいた。

「国に錦を飾る……これはなかったのでございましょう」

「ああ。何年も国へ帰っていないと聞いた」

「侍の株を買う……これも無理ですえ」

「なぜだ」

否定した咲江に、亨が首をかしげた。

「株の売り買いは御法度と違いますの、江戸では」

　咲江が逆に訊いてきた。

　株とは武家の家系図と俸禄切手のことである。この二つが、武家の身分を証明し、主家から禄が支払われる。

　侍と主家は、奉公と恩で結びついている。かつて先祖が戦場で命を賭けて戦い、結果主家が生き残った。その命がけの奉公に対し、主家は代々禄を与えるという形で報いている。

　また、代々禄をもらうことで、主家への忠誠が培われる。これが譜代であり、主君も絶対の信頼を置く。

　株の売り買いは、これら主君と家臣の関係を崩壊させる。いや、幕府の根本である忠義を否定する行為でもある。

　泰平が続き武家が困窮し始めた元禄のころから、株の売り買いが目立つようになってきた。借金で首が回らなくなった旗本、御家人が家重代の家宝を売り払い、それでも足りなくなったとき、株を売る。それを金はあるが、身分の低い商家や豪農が、家を継がない息子たちのために買い取る。こうして、にわか武家が生まれた。

もちろん、株の売り買いは厳禁であった。

株の売り買いをした場合、武家は切腹、町人も重罰を科された。それでも株の売り買いはなくなっていない。ただ表だってなされず、闇へと沈んでいた。

「株の売り買いをできるほど、裏とつきあいがあった……」

「とは思えぬな」

咲江の言葉に、亨はそう答えるしかなかった。

「となると……」

「残ったのは吉原か」

「でございましょう」

亨の確認に咲江が同意した。

「吉原へ行くか」

すぐに亨は歩き出した。

「城見さまも吉原へは何度か」

後から追いかけてきた咲江が尋ねた。

「一度だけ、父に連れられてきたことがある」

「お父さまが……」

武家で息子を色町へ連れていく父親というのは珍しい。咲江が目を大きくした。

「なかへは入らず、外から見ただけだ。吉原という苦界があることを知っておけと父がな。世のなかには表があれば裏もある。それを教えたかったらしい」

吉原へと進みながら、亨は語った。

「ほっ」

小さく咲江が安堵《あんど》のため息を漏らした。

「嬢はん」

伊兵衛が、咲江に声をかけた。

「なに」

咲江が冷たく応じた。

「まさか、嬢はんまで、吉原へ行かれるおつもりやおまへんな」

伊兵衛が訊いた。

「そのつもりやけど」

咲江が当たり前だと答えた。

「あきまへん。吉原は、女の行くとこやおまへん」

伊兵衛が止めた。

「なんでや。大坂の新町は、問題なかったで」

接待されている父の迎えなどで、なんども新町遊郭に出入りしている。大坂町奉行所同心のなかでも力を持つ西家の娘として、何軒かの遊女屋の主とは顔見知りでもあった。

「理由は」

「江戸と大坂は違いますねん。こっちは、女が入るのを嫌がりま」

詰問するかのように咲江が伊兵衛に訊いた。

「入った後帰るときが面倒ですねん。遊女が町娘に扮して逃げ出すかも知れませんやろ」

伊兵衛が話した。

「かつてあったらしいんですわ。客と駆け落ちしようと考えた遊女が、持ちこまれた町娘の着物を身につけて、男と一緒に大門を出ようとしたことが」

「へえ。考えたんや」

「感心してる場合やおまへんで。それ以降、吉原会所がえらい緊張してましして、入るぶんにはすんなりですが、出るとなったら人定検《じんていあらた》めが、ごっつう厳しいんでっせ」

「武家に対しても……」

咲江が訊いた。

「吉原は世間やおまへん。大門外での身分はつうじまへん。武家の娘であろうが、なかろうが、関係なしで」

「そんなん許されてますの」

咲江の矛先は亨に向いた。

「吉原は、天下で唯一神君家康さまのお許しをもって開かれた遊郭だ。それなりの見識があって、町方も口を出さぬという」

江戸にいる者なら誰でも知っている。大門のなかでたとえ人が死のうとも、町奉行所はいっさい手出しをしなかった。

「ずいぶんなところやなあ」

咲江が嘆息した。

「それだけ勝手ができるところなのだ。吉原の者は、一筋縄ではいかぬ」

己に言い聞かせるように亨は告げた。

「嬢はん。わからはりましたやろ。そろそろ日も傾き始めましたし、もう帰りましよ」

伊兵衛が帰宅を促した。

「しやかてなあ。ここまで来ておいて、なんもないというのは、ちいと寂しいやない」

咲江が渋った。

「いや、その者の申すとおりでござる。咲江どのは帰られよ」

亨も勧めた。

「せっかく江戸でお会いできたのに……」

名残惜しそうに、咲江が亨を見あげた。

「御用中は困りまするが、それ以外のときであれば、いつでもお訪ねいただいてけっこうでござる。拙者、今、北町奉行所役宅に長屋をいただいておりますれば」

「ほんまに」

一気に咲江の声が高くなった。

「偽りは申しませぬ」

亭は保証した。

「ほな、帰ります。行くで伊兵衛」

あっさりと咲江が述べた。

「では、城見さま、また」

「気を付けて戻られよ。伊兵衛、頼んだぞ」

「へい」

伊兵衛が首を縦に振った。

「ずいぶんと簡単に帰る気にならはりました」

遠ざかっていく亭の背中を見つめている咲江に、伊兵衛が驚いていた。

「あそこで粘って、うっとうしいと思われるのは嫌やし。ええ女ちゅうのは、退《ひ》き際も心得てるもんや」

咲江が言った。

「よう、そんな言葉知ってはりますなあ」

「新町で教えてもろうたんや。遊女ほど、男女の仲をようわかってる者はおらへん」

感心する伊兵衛に、咲江が応えた。

三

咲江たちと離れた亨は、浅草寺を通り抜けて、浅草田圃《たんぼ》から吉原へと向かった。このほうが、大川端を遡り、山谷堀で左に曲がって日本堤を歩むより、少しだけ近いからであった。とはいえ、吉原唯一の出入り口は、日本堤から続く五十間道の突きあたりにある。浅草田圃から吉原へ向かった場合、ぐるりと吉原を囲む堀を半周しなければならない。

「臭いな」

お歯黒溝《どぶ》と呼ばれる吉原を囲む堀の臭いに、亨は閉口した。

吉原の排水が流れこむことで、水がお歯黒に使う鉄漿《かね》水《みず》に似た色へと変化することから、そう名付けられていた。

「大坂の新町よりも厳重だな」

久しぶりの吉原に、亨は新町との差を見た。

新町も周りとの間を水で隔離し、遊女の脱走を防いでいたが、出入り口は三カ所あった。そのうち一カ所は非常用であり、普段は閉じられていたが、それでも万一のときは開かれ、遊女や客の脱出に使われた。対して、吉原は大門だけに出入りを集約し、遊女と客の管理を強くしていた。

「…………」

ぐるりと回って大門前に着いた亨は足を止めた。

かつて父桂右衛門《けいえもん》とともに訪れたときは、ここで踵を返した。

「こういった場所がある、いや、御上が認められている。その意味を考えておけ」

主君曲淵甲斐守が大坂町奉行となって赴任する前、供をして大坂へ行く桂右衛門が、江戸に残る亨をここで諭した。

「いまだ父の意図はわからぬが……」

亨は父の留守として城見家を守らねばならず、そして大坂へ呼び出されたという経緯もあり、吉原の意味を考えるだけの暇が取れていなかった。

「ちょいとごめんなさいよ」

「横通りますぜ」

大門の前に立っている亨の横を、何人もの男が過ぎていった。

「声が明るいな」

亨はどの男の声も弾んでいることに気づいた。

「それだけ、吉原は楽しいというわけだ」

足取りも軽く大門を潜っていく男たちを亨は不思議なものを見るような目で追った。

「よし……」

気合いを入れて、亨も大門を潜った。

大門を入った左右に、吉原会所と墨書された大提灯《おおぢょうちん》を吊った小屋があった。

「会所か」

亨は会所の前で立ち止まった。

「お客さま、御用でござんすか」

すぐになかから黒い半纏を身につけた若い男が二人出てきて、亨に声をかけた。

「すまぬが、初めてなものでな。教えてくれぬか。会所とはなにをするところなのだ」

素直に亨は問うた。

「会所の仕事でござんすかい」

問われた若い男が話し始めた。

「主なものは、吉原の出入りの監視でございますね。町方さまよりお手配の人相書きが参っておりますので、それが入ってきていないかどうかを見張ったり、遊女が足抜けしようとするのを防いだり」

「他には」

「初めてで見世の場所をご存じないお客さまのご案内などもいたしまする。あと、もめ事の仲裁も会所の仕事で」

若い男が答えた。

「なるほど。会所が吉原を守っていると」

「守っているなんてたいそうなものではござんせんがね」

若い男が照れた。

「一つ訊かせてもらいたいが……ああ、その前に名乗っておこう。北町奉行曲淵甲斐守のもとで内与力を務める城見亨だ」

「町奉行所の内与力さま。そいつはお見それをいたしやした」

若い男が頭を下げた。

「あっしは、吉原会所の当番をしております三浦屋四郎右衛門《しろうえもん》方の忘八、助七《すけしち》でござんす」

「助七どのだな」

「どのはご勘弁を」

武家に尊称をつけられてはたまらないと、助七が手を振った。

「そうか、では、助七。訊かせてもらいたいのだが、おぬし、千両富を当てた男が殺された一件を存じおるか」

「城見さま、よろしければ会所のなかへ。こんなところでする話ではなさそうでござんす」

助七が会所へと亨を案内した。

「世話になる」

亭は助七について、会所へ入った。

「どうぞ。色つきのお湯でございますが」

別の忘八が、亭の前に茶を出してくれた。

「かたじけない」

「……いえ」

ていねいに頭を下げた亭に、忘八が一瞬唖然とした。

「なにかまちがったか」

亭はその反応に怪訝な顔をした。

「いえ、忘八に頭を下げるお武家さまが珍しいからでございますよ」

助七が告げた。

「先ほどから出る、忘八とはなんのことだ」

「ご存じない。なるほど。ご質問の前に、あっしたちのことをご説明申しましょう」

首をかしげた亭に、助七が語った。

「忘八というのは、人として必須の八つを忘れた者のことを申しやす。仁義礼智忠信孝悌というやつを捨てたとお考えいただければ」

「人ではないと」

「簡単に言えば、そうなりやす。当然でございましょう。金の形《かた》として縛り付けた女に身体を売らせ、その上がりを掠めて生きているのでございます。とても一人前の男ではございせんよ」

淡々とした表情で助七が説明を終えた。

「…………」

無言で亨は助七を見た。

助七も目をそらさずに合わせてきた。

「…………」

「……訊くが、万一遊女に客が無体を仕掛けたらどうする」

「お客さまに手出しはできやせん」

「黙って見ているだけだと」

「ご冗談を。忘八が遊女を見捨てたら、死んだも同然。いや、仲間に殺されやす」

挑発するような亨に、助七が応じた。

「あっしの命を差し出して、遊女の盾になりやす。それが女が流した血の涙を啜って生きている男の仕事」

助七が断言した。

「仕事のために命を張れる。それを馬鹿にできるはずはなかろう」

態度を変えぬと亨は告げた。

「……畏れ入りやした」

助七が頭を下げた。

「あらためて、ご用件をお伺いいたしやしょう」

「千両富の男が、吉原に来たかを問いたい」

「…………」

助七が黙った。

「そのお話ならば、わたくしが」

会所の入り口に背を向けていた亨の後から声がした。

「旦那さま」

助七が立ちあがって、姿勢を正した。

「ご貴殿は」

振り向いた亨は会所入り口に立つ中年の商人風の男に尋ねた。

「三浦屋四郎右衛門と申しまする」

「……三浦屋どの。さきほど助七が言っていた」

亨はゆっくりと三浦屋四郎右衛門を観察した。

日本橋の豪商とまでは言わないが、上品な着物を身につけ、にこやかな笑みを浮かべている様子は、ちょっとした老舗の主と言っても通りそうであった。

「この太吉が、会所に町奉行所の内与力さまがお出でだと報せて参りましたもので、ご挨拶をと思いまして」

三浦屋四郎右衛門が、後に控えている忘八を見た。

「おぬしは、先ほど茶をくれた」

「太吉と申しやす。お見知りおきを」

名乗った忘八が一礼した。

「おまえたち、もういいよ」

「へい」

「では、城見さま、ご無礼を」

太吉と助七が会所の外へと出ていった。

「では、こちらも参りましょう」

「どこへ」

誘った三浦屋四郎右衛門に、亨は問うた。

「外から丸見えの会所では、いささかつごうが悪うございまして。わたくしどもの見世へお出でくださいますよう」

「見世に……」

「もちろん、女は呼びませぬ。お話を終えた後お求めとあれば、喜んでよい遊女をお世話いたしますが」

警戒する亨に、三浦屋四郎右衛門が笑った。

「気遣いは不要である」

からかわれたと気づいた亨は憮然とした顔をした。

四

三浦屋は、吉原の中央を貫く仲之町通りを少し奥へ入った辻《つじ》の角を占める大見世であった。

「おうう」

総二階建て紅殻《べにがら》格子の派手な見世構えに、亨は圧倒された。

「吉原は天国でございますので」

暖簾の前ですくんだ亨に、三浦屋四郎右衛門がほほえんだ。

「どうぞ。この奥がわたくしの宿でございまする」

暖簾を通り過ぎて、見世の外を回りこみ、角を右に折れた三浦屋四郎右衛門が、小さな木戸を開けた。

「お客さまだ。お酒と膳をな」

「おかまいくださるな」

歓迎の用意を命じる三浦屋四郎右衛門に、亨は手を振って固辞した。

「吉原一とうたわれる三浦屋が、お客さまをお迎えして、何一つ饗応をしなかったと言われては、看板の恥でございまする」

三浦屋四郎右衛門が、あっさりと亨の断りをいなした。

「はあ」

見世の名折れとまで言われてはしかたない。亨は歓迎を受けることにした。

「狭い部屋でございますが」

三浦屋四郎右衛門が六畳ほどの部屋に亨を通した。部屋は長火鉢が一つと文机《ふづくえ》が置かれているだけの簡素なものであった。

「わたくしの部屋でございますよ」

見回している亨に、三浦屋四郎右衛門が告げた。

「主どののか」

その質素さに亨は驚いた。

「お客さまとお目にかかるので、身形《みなり》だけは一人前にさせていただいておりますが、遊郭の主は遊女でございます。よって、他人さまの目につかないところでは……」

三浦屋四郎右衛門が質素な理由を述べた。

「ですので、膳も……来たようでございますな」

後の襖が開いて、忘八が二人、膳を掲げて入ってきた。

「……………」

無言で忘八が膳を亨の前に置いた。

「干し鰯《いわし》が三匹に青菜の煮浸し、具なしの汁に麦飯。これが、わたくしの食事で」

三浦屋四郎右衛門が告げた。

「たしかに、見世構えや身形からは想像もつかぬ。が、吾の夕餉もこのようなものだ。少しの差は、みそ汁になにか具があるというところだ」

亨も応じた。

「それはそれは。どうぞ、一献」

感心した三浦屋四郎右衛門が、盃を勧めた。

「御用途中だ。一杯だけいただこう」

厚意を断るわけにもいかないと、亨は最初の一口だけをもらった。

「はい」

それ以上、三浦屋四郎右衛門も強要しなかった。

「召しあがりながらお話をさせていただきまする」

「馳走《ちそう》になる」

亨は箸を手にした。

「……千両富のお方については、すでに北町、南町の旦那衆がお問い合わせになっておられまする」

しばらく食事を進めたところで、三浦屋四郎右衛門が告げた。

「さすがだな」

亨は町方の実力に感心した。

「それをご存じないということは、独自に動いておられるというより、お話が届いていないと」

「……そうなる」

苦い口調で亨はうなずいた。

「内与力さまというのは、お奉行さまと町方役人を繋ぐのがお役目だったと存じておりましたが、違いましたか」

三浦屋四郎右衛門が亨の様子を見た。

「そのとおりだが……」

実状を話すべきかどうか、亨は逡巡《しゅんじゅん》した。

「……表向きと実状は違うのだ」

亨は内情を暴露する気になった。相手の懐に飛びこむためには、こちらも両手を広げなければならない。

「町奉行は代わる。だが、町方役人はそのまま。町奉行所は町方役人のものであって、町奉行は主ではない。町方役人にとってつごうの悪いことだけでなく、あらゆる事情が隠されてしまう。町方のいろはさえ知らぬ旗本やその家臣にかき回されたくない、あるいは余計な手出しをされたくないというのはわかるが、いささかな。それを我が主甲斐守が変えたいとお考えになられ、拙者を遣っておられるのだ」

「畏れ入りました」

内情を語った亨に、背筋を伸ばした三浦屋四郎右衛門が深く敬意を表した。

「よくぞ、お話をくださいました」

「そちらの言いたくないことを訊くのだ。誠意を見せるべきだろう」

なぜだという意思を言葉にこめた三浦屋四郎右衛門に、亨は答えた。

「吉原うちは常世ならず。そこに住まいするものは、御上の埒外《らちがい》。人でなしと言われるわたくしどもには過分なご対応でございますよ」

三浦屋四郎右衛門が感心した。

「では、会所に来たのも……」

「はい。太吉が、忘八に頭を下げたお侍さまがと駆けこんで参りましたので、どのようなお方かと興味を持ちました」

三浦屋四郎右衛門がばらした。

「世間知らずでな」

少し亭は機嫌を悪くした。

「いえいえ、そういうわけではございませぬ。わたくしどもは、どうしても見下されることに慣れておりまして」

小さく三浦屋四郎右衛門が口の端をゆがめた。

「うれしかったのでございますよ。忘八に気を使い、忘八の飯を美味《おい》しそうに食べてくださるのが」

三浦屋四郎右衛門が述べた。

「城見さまが本音をお聞かせくださいましたので、こちらもお返しいたしましょう。まず、町方の旦那衆にお答えしたのは、日に千人をこえるお客さまがお見えになりますので、千両富を当てられた方が来られたかどうか、わかりかねまする。ただ、相手をした遊女には、富に当たったとお話しになられているやも知れませぬので、各見世に問い合わせてみますゆえ、しばしのときを頂戴したいと」

「ときを稼いだ」

「はい」

亨の読みを三浦屋四郎右衛門が肯定した。

「それで納得したのか」

町方の調べは厳しい。さすがに石抱きや海老責めなどの拷問は、上の許可を得なければならないが、それ以外の方法をためらうほど甘くはない。

「吉原大門内は、町方の力が及びませせぬ」

三浦屋四郎右衛門が強く言った。

「それを許すほど、町方は甘くないと思うが……」

寺社奉行の権益である富くじにさえ、手を伸ばすのだ。一日に千両の金が動くと言われている吉原に触手を伸ばさないとは考えられなかった。

「吉原は御上によって守られておりますゆえ」

「神君家康公のお許しというやつか」

幕府にとって家康の名前は重い。家康から拝領した刀を失った、茶碗を割ったというだけで家を潰された大名もあるくらいなのだ。町方がどうこうできるわけはなかった。

「ご冗談を。書きものがあるわけでもなし、ただ三代将軍家光さまの御世のおり、ときの執政松平伊豆守信綱《のぶつな》さまより、吉原開設の由縁を問われた二代目庄司甚内《しょうじじんない》が、そう答えただけ。なんの証拠もございません」

三浦屋四郎右衛門が苦笑した。

「そうなのか」

「はい。ただ、その話を私どもが大いに利用しているだけで」

あきれる亨に三浦屋四郎右衛門が答えた。

「それでは、なにで町方の手を防いでいるのだ」

当然の疑問を亨はぶつけた。

「どこのどなたというのは、ご勘弁願いましょう」

「つごうの悪い話なら、聞かなくともよいぞ」

他人の事情に興味だけで足を突っこむわけにはいかないと亨は手を振った。

「金をお支払いしておるのでございますよ。町方でさえ手出しができないお方に」

「ならば大樹の陰か」

「……はい」

言った亨に、一瞬三浦屋四郎右衛門の目つきが鋭くなった。

「あっ……」

雰囲気の変わった三浦屋四郎右衛門のおかげで、亨は気づいた。己がもののたとえとして出した大樹という言葉が、的を射ていた。

大樹とは、将軍のことを指す。

「吉原は御上に……」

「それ以上はお口にされませんよう」

三浦屋四郎右衛門が釘を刺した。

「ああ、ああ」

幕府が遊女の涙を奪っているなどと天下に知れては大事になる。亨はうなずいた。

「と、ところで、先ほどの話だが、富くじの当たった男は、吉原に来ていたのだな」

早く違う話に移りたいと、亨は焦りながら訊いた。

「はい」

三浦屋四郎右衛門が柔らかい笑顔に戻った。

「ちょいとお待ちを。太吉」

亨を制して、三浦屋四郎右衛門が手を叩いた。

「へい」

瞬間、襖が開いて太吉が顔を出した。

「…………」

その素早さに亨は、太吉が三浦屋四郎右衛門の陰守りを担っていたと感じた。

「卍屋さんに行ってね、田鶴さんをお借りしたいとお願いしてきてくれるかい」

「お任せを」

一礼して、太吉が駆けていった。

「当人からお話を訊かれたほうがよろしいでしょう」

三浦屋四郎右衛門が亨へ提案した。

「よいのか。申しわけない」

亨はそこまでしてもらうことに恐縮した。

「もちろん、ただではございませんよ。卍屋の誇る格子女郎を他の見世へ呼ぶわけですから」

「金はさほど持っておらぬぞ」

懐の紙入れから亨は一分金を一枚出した。

「これだけだ。あとは小銭が少々あるだけ」

内与力に任じられたことで、亨には幕府から百五十俵の俸禄が与えられるようになった。百五十俵は二百俵内外の与力としては少ないほうである。もともと内与力は世襲与力よりも格は低い。禄も少ないのが決まりであった。

百五十俵はおおまかだが、金にして五十両ほどになる。これで一年の生活をし、奉公人を雇い、与力としてのつきあいをしなければならない。余裕はなかった。

「お金ではございませんよ。なにかあったときにお力をお貸し願うのがお代で」

三浦屋四郎右衛門が手を振った。

「できることとできぬことがある。我が主君に傷が付くようなまねはいたさぬ」

「当然でございます。その辺りは、わかっておりますとも」

制限をかけた亨に、三浦屋四郎右衛門が同意した。

「旦那、田鶴さんをお連れいたしました」

襖が開いて太吉が報告した。

「お入りいただけ」

すっと三浦屋四郎右衛門が立ちあがり、主人の席を空けた。

「お呼びでござんすかえ」

帯を前でくくる独特の結び方をした遊女が、部屋へ入ってきた。

「お掛けください」

三浦屋四郎右衛門が勧めた。

「あい」

ためらうことなく、田鶴が主人の席へ腰を下ろした。

「そちらさんは、どなたさまでありんすかえ」

田鶴が正面にいる亨を見た。

「…………」

小首をかしげる仕草で問う田鶴の愛らしさに、亨は声を失った。

「北町奉行所内与力の城見さまでございまする」

ていねいな口調で三浦屋四郎右衛門が亨を紹介した。

「さようでありんしたか。よしなに」

にこやかに田鶴がほほえんだ。

「三浦屋の旦那さま、北町の与力さまがおられるところに、あちきを呼んだというのは……」

田鶴が気づいた。

「はい。あの話をお願いいたしたく」

「…………」

目だけで田鶴が、三浦屋四郎右衛門へ確認を求めた。

「このお方なら、大事ございませぬ」

三浦屋四郎右衛門が保証した。

「ならば」

田鶴がうなずいた。

「主《ぬし》さまは……」

「……主」

亭はいきなり田鶴が言い出した呼び名に戸惑った。

「吉原では、裏を返してくださった、ああ、二度以上客として同じ遊女を呼んでくださったお客さまのことを主と申しております」

三浦屋四郎右衛門が解説した。

「ということは、富くじの当たった吉次郎は、吉原へ二度以上来たのだな」

推測を亭は口にした。

「違うでありんすえ。主さまは、初会から三日居続けてくださいやんした」

「三日も……」

遊郭は一夜の快楽を求めて来るところだと亭は理解していた。その根底を覆すような吉次郎の行動に、亭は唖然とした。

「三日くらいは、けっこうおられますよ。もっとも長かったのは、ずっと前のことですが、とある大店の息子さんが、十日間居続けておられました。もっとも、迎えに来た番頭さんに引きずられて帰っていかれたそうでございますが」

三浦屋四郎右衛門が付け足した。

「そうか……」

亨はなんともいえない顔をした。

「吉原では一度目を初会、二度目を裏と申しまして、三度目で馴染みとされまする。裏をすませることで、初めて遊女と客は、女と男になり、馴染みになれば、夫婦扱いになりまする」

「夫婦扱いとは、また」

亨は驚いた。

「そこまで主さまは一度ですまされたのでありんすよ」

「まあ、その辺りはお気になさらず。吉原のしきたりにも抜け道はあると」

三浦屋四郎右衛門が口をはさんだ。

「なるほどな」

亨は納得した。

「では、話を頼む」

軽く頭を下げて、亨は田鶴に求めた。

「変わったお武家さまでござんすなあ」

田鶴が感嘆した。

「では、お話を……」

吉次郎が店先で太夫を出せと騒いだところから、三日目の別れまで田鶴が語った。

「むう」

聞き終わった亨は唸った。

「……睦言もお伝えしたほうがよろしゅうござんすかえ」

田鶴が恥じるように頬を染めながら尋ねた。

「なにか手がかりになることでもあればお願いしたいところだが……」

他人の閨《ねや》の様子を訊くことになるとは思っていなかった亨だが、しなければならないのならと腹をくくった。

「さほどの話ではありんせん。将来の夢とか、あちきを落籍させた後、どこかに家を買うだの、仕事を辞めるだの」

男と女がする普通の睦言だと田鶴は告げた。

「いや、助かった」

亨は礼を口にした。

大坂町奉行所にいたころ、町方同心から聞かされていた。それは、調べに無駄はないということである。

「二日かけて他所《よそ》まで行って、聞き合わせてもなんも収穫がないときなんぞざら。でも、それは無駄やおまへん。そこにはなにもないとわかったんでっさかいな」

長くその職にある同心の経験は、亨にとって大きな教訓であった。

「もうよろし」

田鶴が帰っていいかと言った。

「あと一つだけ。吉次郎が騒いでいたとき、あるいは居続けていたときに、その様子を見ていた者は……」

亨は最後の質問をした。

「あのとき卍屋にいたお客人は、皆聞いておりやす」

特定はできないと田鶴が首を横に振った。

「つっ……」

亨は唇を噛んだ。吉原の馴染みという仕組みを使えば、男を特定できると思ったのだ。

「では、ごめんでありんす」

軽く膝を曲げ、しなを作った田鶴が去っていった。

五

「お役に立ちましたか」

見送った三浦屋四郎右衛門が訊いた。

「助かった」

亨は深く感謝した。

「いえいえ。お役に立てなかったようで申しわけございませぬ」

しっかりと三浦屋四郎右衛門は、亨の落胆を見抜いていた。

「お報せしましょうか」

「……なにをだ」

いきなりの申し出に、亨は困惑した。

「吉原に来ていて、吉次郎さんでしたっけが金を持っていると知った。そして吉次郎さんを殺して金を奪った。その男はきっと吉原へ戻って参りましょう」

「なぜわかる。手に入れた金で商いをしたり、田舎に田畑を買ったり……」

「するわけございません」

きっぱりと三浦屋四郎右衛門が断言した。

「新たな未来をと考えるような輩は、最初から馬鹿をしませんよ。悪銭身につかず。吉次郎さんも思わぬ大金が入ったことで、吉原の太夫という江戸一の女を抱こうと考えた。身の程に合っていない望みを持った。そして、それをおこなうつもりになった源泉である金。金がなければ思いもしなかった夢を果たすため、吉次郎さんは、わざわざ現金を持って吉原へ来た。大人しく、格子辺りの遊女で辛抱すれば、金をそれほど持ち歩かなくてもすんだ」

三浦屋四郎右衛門が冷たい表情を見せた。

「千両の値打ちがあると言われる太夫に手を伸ばそうとしたから、全財産を持ち出したのでございましょう。持ちつけない大金を手にして、心が浮いてしまった。あぶく銭の典型とも言うべき使い方。ああ、吉原の遊女屋の主が言っていいことではないですが」

少しだけ三浦屋四郎右衛門が表情をゆがめた。

「それと同じでございますよ。人を殺して奪った金で、堅実な生き方を選択する者などおりません。まちがいなく、吉原へ戻って参りまする」

三浦屋四郎右衛門が宣した。

「今は、ほとぼりが冷めるのを待っている」

「おそらくは。いずれ、吉次郎さんと同じように、身の程を知らぬ金を見せびらかす奴が出てきましょう。ことがあってからの日を考えても、そろそろだと思います」

たしかめた亨に、三浦屋四郎右衛門がうなずいた。

「そのときは、どこへお報せをすれば。常盤橋の役宅はあまりよろしくないでしょう」

報告するところはどこがよいかと三浦屋四郎右衛門が尋ねた。

「役宅だと、町方の者に見られましょうな」

亨も悩んだ。

役宅へ吉原の者が出入りするのはまずかった。役宅に遊郭の者を出入りさせていると主曲淵甲斐守の名前に傷が付きかねない。旗本たちのあこがれである町奉行の席は、たえず狙われている。わずかな隙でも、曲淵甲斐守の命取りになりかねなかった。

「日本橋の播磨屋をご存じか」

「よく存じあげておりまする。最近はお見えになられませんが、十年ほど前までは、お得意先を連れられて、よくわたくしどものところへお見えくださいましたので」

亨の出した名前に、三浦屋四郎右衛門が述べた。

「そこに咲江という娘御がいる。その娘御のもとへお報せ願いたい」

吉原を思いついたのは咲江である。亨は咲江に頼むことにした。

「よろしゅうございますので。娘さまのところへ吉原の者など行かせても、焼き餅など……」

「咲江どのならば大事ない……」

「仕事で悋気《りんき》する遊女とは違いまする。お気を付けくださいまし」

「気を付ける」

三浦屋四郎右衛門の忠告にうなずいて、亨は吉原を出た。


すでに日は消えかかっていた。

「急ぐか」

主君曲淵甲斐守に経緯を伝えなければならない。亨は足を速めた。

武家の門限は暮れ六つ（午後六時ごろ）と決まっている。とはいえ、町方にこれは通用しなかった。門限を気にしていては、下手人を追いかけてなどいられなくなる。

内与力とはいえ、亨も町方役人である。町奉行所役宅の玄関は閉じられても、潜り門は通れる。町奉行所と役宅を区切る板戸も閉じられはするが、鍵は掛けられない。遊びで遅くなるのは問題だが、役目で帰宅が暮れ六つをすぎても非難はされなかった。

亨は来たときとは別の、五十間道から日本堤、そして大川沿いを西へ進む道を選んだ。

「まだまだ客は来るな」

すれ違う男の数の多さに、亨は驚いた。

「日が落ちてから来るのは、お店者のようだな」

職人とお店者は、身形からして違っていた。職人は粋を気取って、わざと着崩している。対してお店者は、遊びに行くときでもどこで知り合いに会うかわからないため、きちっと襟も合わせている。

「吉次郎も、人通りの多いときに帰っていれば、襲われずにすんだろうに」

亨はため息を吐いた。

「率爾《そつじ》ながら……」

日本堤を歩いていた亨に声がかかった。

「拙者でござるか」

前に立った武家へ、亨は問うた。

「いかにも。北町奉行所のお方でござるな」

「さようだが、御貴殿は」

うなずきながら、亨は警戒を強めた。

「寺社奉行松平伊賀守の小検使江坂言太郎《えさかごんたろう》でござる。お見知りおきくだされ」

武家が名乗った。

「承りましてござる。で、ご用件は」

亨は用件を問うた。

「吉原からお出ましのようでござるが、なにかお摑みになられたならば、お教えを願いたく」

江坂が告げた。

「わけのわからぬことを仰せでござるな。寺社奉行所の小検使といえば、町方同心と同じ。探索はお手のものでございましょう。自ら吉原へ行かれ、話を訊いてこられよ」

亨は手厳しく断った。

「断られたのでござる。吉原は、世間ではない。門前町でもない。寺社奉行所に手を貸す理由はないと」

「それで退かれたのか」

あっさりしすぎだと亨はあきれた。

「どうせよと言われるか。寺社奉行に、吉原への便宜をはかることはできぬ。対価を出せぬ限りは、取引はせぬと。まったく、無礼な連中だ。人でさえない身分でありながら、寺社奉行の指示に従わぬなど」

憤懣《ふんまん》を江坂がまき散らした。

「会所で断られ、大門外へ送り出されたのだが、そこで御貴殿を見つけたのだ。御貴殿が通ったとき、会所の男たちが頭を下げていた。他の客にはいっさいそういうことをしなかった連中がだ。そこで声をかけさせていただいた」

江坂が経緯を語った。

「よくわたくしが、北町の者だとおわかりになられましたな」

「鶯谷の鴨兵衛という男から、報せがござったのだ。北町の内与力が、千両富殺しの一件で問い合わせに来たと。そのとき、人相風体、家紋を聞いておりましたゆえ、一目で気づきました」

「…………」

疑問を呈した亨に、江坂が説明した。

鴨兵衛が寺社奉行と強く繋がっていると知って、亨は鼻白んだ。

「けんもほろろに断られた拙者と違い、にこやかに送り出される御貴殿。客として吉原に来られたとも考えましたが、まったく御髪に乱れがない。女を抱いて、髷《まげ》が乱れぬなどあり得ませぬ。そこで、御貴殿は吉原の男たちと親しいと感じ、きっとなにかを訊き出されたに違いないと見抜いたわけでござる」

江坂が己を慧眼《けいがん》だと言った。

「いかがでござろう。下手人を捕まえることこそ肝要。寺社奉行、町奉行の垣根をこえて、協力し合わねばならぬと考えまするが」

「江戸の安寧のためには、力を合わせるべきだと」

「さようでござる」

「それは、寺社奉行所として公式の見解と受け取ってよろしいのでござろうな」

首肯した江坂に、亨は念を押した。

「……いや、江戸の治安に懸念を持つ者同士、同じ志を持って当たらねばなりますまい」

江坂が逃げた。

「そちらはなにをお話しくださるのか」

ではと亨は代償を求めた。

「あいにく、お話しできることはなにも」

「鴨兵衛との仲でもよろしいぞ。富くじ一回につき、何分割で金をもらう決まりでござるか」

亨は鴨兵衛からどれだけの金をもらっているかを訊いた。

「それは今回の一件とはかかわりござらぬ」

江坂が拒んだ。

「では、吉原での話も、今回のこととはかかわりございませぬ」

同じ理屈で亨も拒否した。

「なにを言われるか。貴殿は内与力でござろう。内与力は町奉行となった旗本の家臣。主君の大事を招くことになっては困りましょう」

「主君の大事とは、また大きく出られましたの」

亨が身構えた。

「寺社奉行たる我が主への協力を断った。これは、御上への抵抗も同然。主伊賀守より、御執政さまのお耳に入れさせていただくことになりますぞ。そうなれば、甲斐守さまのご進退にもかかわりましょう」

告げ口をするぞと江坂が脅した。

「町方の事件に寺社が口出しをする。それこそ問題でございましょう」

「富くじが原因でことが起こったならば、寺社奉行の管轄でもござる」

江坂が言い返した。

「ならば、人殺しに富くじがかかわっておるゆえ、谷中の感応寺、勧進元の鴨兵衛にも町方は手出ししてよいことになりますな、その理屈ならば」

「それは許さぬ。町方は寺社に手出しをせぬ決まり」

「鴨兵衛は僧侶ではないぞ」

「あやつも寺社の庇護下にある。手出しはさせぬ」

江坂が強硬に抵抗した。

「話にならぬ」

勝手ばかり言う江坂に、亨が嘆息した。

「失礼する」

亨は江坂を放置することに決め、その場を去ろうとした。

「待て。話をしていけ」

江坂が刀の柄《つか》に手を掛けた。

「…………」

無視して亨は歩み始めた。

「止まれと申した」

亨の背中に向けて、江坂が太刀《たち》を抜いた。

「今なら、見なかったことにしてもよいぞ」

町中での抜刀は咎めの材料になる。

「ふん。町方に、寺社奉行小検使は捕らえられぬ。痛い目に遭いたくなければ、言え」

さすがに斬る気はないようで、江坂が太刀の峰を返した。

「……愚か者が」

亨は左足を引き、それを支点として身体を回した。

「こいつっ」

いきなり振り向いた亨に、江坂が慌てた。

「喰らえっ」

焦った江坂が太刀の峰で亨の肩を打とうと振りあげた。

「ふん」

すでに動き始めていた亨は、回った勢いのまま拳を出し、江坂のがらあきになった脇腹へ拳を打ちこんだ。

「がはっっ」

右の脇腹には肝臓がある。ここをしたたかに打ち据えられた江坂が、崩れた。

「先に抜いたのはお主だ。騒ぎたてれば、そちらに非があると知れわたるぞ。小検使が町中で抜刀した。そうなったら、伊賀守さまは寺社奉行を辞さねばならなくなる」

今度は亨が脅した。

「くううう」

痛みにうめくだけで、江坂の答えはなかった。

「……………」

足早に亨は江坂から離れた。

「寺社奉行の小検使が太刀まで抜いた。それほどの闇が、富くじにはある」

亨は険しい表情を浮かべた。

第四章　縄張り争

一

寺社奉行の歴史は浅い。正式な設置は三代将軍家光の御世、寛永十二年（一六三五）と、町奉行の慶長十一年（一六〇六）、勘定奉行の慶長八年（一六〇三）に比しても短い。もっとも勘定奉行は当初所務奉行と称し、改称したのは五代将軍綱吉のときなので、それほどではないとも言える。

定員四名で譜代大名から選ばれ、寺社、僧侶、神官の監督から、芸能、人別の管理、さらには関八州以外における訴訟沙汰まで担当した。

しかし、寺社奉行のうち、土《ど》井《い》大炊頭《おおいのかみ》利直《としなお》が京都所司代へ、久世《くぜ》大和守広明《ひろあきら》が大坂城代への異動を内示されたため、現在は松平伊賀守忠順、土岐《とき》美濃守《みののかみ》定経《さだつね》の二人が実務を担当していた。

松平伊賀守と土岐美濃守はともに明和元年（一七六四）、寺社奉行となった同僚であるが、松平伊賀守が二歳年長ということもあり、筆頭格となっていた。

町奉行や勘定奉行と違い、専用の役所を持たず、任じられた大名の上屋敷を役宅として使用した。

そのためもあり、殿中には専用の詰め間を持たず、寺社奉行は奏者番《そうじゃばん》を兼任する慣例から、奏者番としての詰めの間である芙蓉《ふよう》の間を使用していた。

「美濃守どのよ」

登城した土岐美濃守は、同役松平伊賀守から呼びかけられた。

「これはおはようござる」

わずかながら歳下というのもあり、土岐美濃守は松平伊賀守を先達として立てるようにしていた。

「ああ」

鷹揚にうなずき返した松平伊賀守が、土岐美濃守の隣に腰を下ろした。

「なにか」

芙蓉の間は奏者番の詰め所でもある。奏者番に任じられた順で席が決まり、土岐美濃守と松平伊賀守の間には、数人の大名がいる。幸い、土岐美濃守の隣になる奏者番は、まだ来ておらず空いていたが、それでも慣例を無視した行為であった。

「お役目のことじゃ」

御用だと松平伊賀守が言い、己の行動を正当なものだと告げた。

「承りましょう」

土岐美濃守が姿勢を正した。

「美濃守どののもとに、北町奉行所、いや南も含めて、なにかちょっかいを出してきてはおらぬかの」

松平伊賀守が問うた。

「町奉行どのが……」

「いや、町奉行所じゃ」

ちらと芙蓉の間の下にいる曲淵甲斐守、牧野大隅守のほうを松平伊賀守が見た。

「あいにく、家臣どもからはなにも話はございませぬが」

問われた土岐美濃守が否定した。

「なにかございましたのか」

土岐美濃守が当然のように事情を訊いた。

「いや、ならばよいのだが……」

詳細を松平伊賀守はごまかした。

「…………」

事情を隠されたとわかった土岐美濃守が憮然とした顔を見せた。

「ところで、最近、町方がなにかと我らの職分を侵してきてはおらぬか」

不足そうな土岐美濃守を無視して、松平伊賀守が話を変えた。

「いたしかたないことでございましょう。町方が口出しをしてくる捕り方について、我らはなにも知りませぬし、人も足りませぬ。厳密に職分を堅持していれば、捕まる者も捕まえられなくなりましょう。寺社と町方が我を張って、下手人を取り逃がすなど、本末転倒」

土岐美濃守が、しかたのないことだと応えた。

「たしかにそうではあるが、このまま放置しておけば、どんどん寺社の権益は町方に侵食され、我らは形だけになりかねぬ」

「そうでございましょうか」

土岐美濃守が首をかしげた。

「寺社奉行も町奉行も、ともに御上により任じられておりまする。競い合うよりも、手を携えたほうが」

「ご貴殿の考えはよくわかった」

不機嫌になった松平伊賀守が、席を立っていった。

「なにが言いたいのだ」

土岐美濃守が怪訝な顔をした。

「町方がなにか食いこんできたのだろうが、それでよいではないか。どうせ、寺社奉行など飾りの仕事。なにごともなく無事に過ごせればなにより。寺社奉行だけが大名役だという意味を伊賀守どのはおわかりではないのかの。寺社奉行は、若年寄、京都所司代、大坂城代への待機役。これらの役職を経て、執政になるために、暇な寺社奉行の間に、人脈を作り、執政になるための勉学をする場。町奉行が上がり役なのに対し、寺社奉行は初役に近い意味を持つ。面倒な実務など、町奉行にさせておけばよい」

残された土岐美濃守が独りごちた。

「よほど腹に据えかねることがあったのだろうが……要らぬことをして、余を巻きこまないでいただきたいものだ」

土岐美濃守が嘆息した。


松平伊賀守は、土岐美濃守の同意を得られなかったのを不足に思いながら、芙蓉の間を出て、老中の執務室である上の御用部屋へと向かった。

「お坊主どのよ。どなたでもかまわぬゆえ、ご執政さまにお目通りを願いたい」

上の御用部屋前に控えている御用部屋坊主に、松平伊賀守は頼んだ。

「これは伊賀守さま。しばし、お待ちを」

薄給で大名や役人からの付け届けがなければ、生活もままならないのが坊主である。それだけに、金をくれる者の言うことはよく聞き、そうでない者の用はやらないか、後回しにする。

御用部屋坊主がすぐに動いたということから、松平伊賀守もしっかりと付け届けをしているとわかった。

「周防守《すおうのかみ》さまが、お出でくださるとのことでございまする」

しばらくして帰ってきた御用部屋坊主が報告した。

「すまぬな。待たせていただこう」

松平伊賀守は、御用部屋前から少し離れた畳廊下に座った。

老中が城中にいる時間は短い。その間に御用をすませ、面会を求める諸大名、諸役人の話を聞かなければならない。それこそ、寸刻の間もないほど忙しい。

「…………」

となれば待たされるのは覚悟のうえである。松平伊賀守は、ゆっくりと目を閉じた。

「周防守さま、お出でございまする」

小半刻（約三十分）以上待たされて、ようやく御用部屋坊主が声をかけた。

「はっ」

御用部屋坊主は先触れであり、その後には老中松平周防守康福《やすよし》がいる。すばやく松平伊賀守は平伏した。

「どうした、伊賀守」

待たせたことを詫びもせず、立ったままで松平周防守が問うた。

「ご多忙のところ畏れ入りますが、寺社奉行として見過ごせぬことがございましたゆえ、ご判断をお願いいたしたく」

松平伊賀守が平伏したままで言った。

「申せ」

「昨今、町奉行所が寺社奉行の管轄地へ入りこみ、自儘に動き回る事象が増加しております。このままでは、寺社奉行の役目が形骸と化してしまいかねませぬ」

促されて松平伊賀守が告げた。

「ふむう」

松平周防守が思案に入った。

老中松平周防守康福も一年ほどだが、寺社奉行を経験していた。

「だが、町方の手を借りねば、江戸の門前町を維持できまい」

実際を知っているだけに、松平周防守の言葉は的確であった。

「たしかに仰せのとおりではございますが、役目の職分は決して侵されざるものでなければなりませぬ。たとえとして極端ではございますが、勘定奉行がご執政衆をないがしろにして、金を自儘に動かすようでは、幕府がやっていけませぬ」

「ふん。たとえとはいえ、我ら執政を勘定奉行ごときにうかつなまねをさせるほど愚かな者だと申したのは、気分よくはないが……」

松平周防守が、松平伊賀守を睨《にら》みつけた。が、平伏したままの松平伊賀守は気づかなかった。

「なれど、そなたの申すのも理である。一度、町奉行を呼んで話をしておこう」

「畏れ入りまする」

とうとう一度も顔をあげなかった松平伊賀守の前から松平周防守は去っていった。

「これで一つ。甲斐守に失点がついた」

平伏しながら、松平伊賀守が笑った。

上の御用部屋は、老中以外の出入りが許されていない。たとえ若年寄であろうとも、入れなかった。もっとも、老中の執務を助ける奥右筆と御用部屋坊主だけは、道具扱いとして入室できている。書付の清書、湯茶の用意、部屋の掃除などの雑用を、老中にさせるわけにはいかないのだ。

「周防守どのよ、なんでござった」

老中としてもっとも長い松平右京大夫輝高《うきようのだいぶてるたか》が問うた。

「それが、町奉行が寺社奉行の職責に割りこんできているとの苦情でございました」

松平周防守が報告した。

「ほう。そのていどのことをわざわざ申してきたのか。松平伊賀守も熱心な」

松平右京大夫が皮肉な顔をした。

「誰しも、己の手の内に口出しされるのは、心地よいものではございませぬゆえ」

松平周防守が苦笑した。

「しかし、儂も寺社奉行は経験したが、町奉行との軋轢などはなかったがの」

一年と三カ月、松平右京大夫は寺社奉行をしていた。

「町奉行と寺社奉行では格が違うゆえ、相手にもせなんだ」

「はい」

松平右京大夫の述懐に松平周防守も同意した。

「そういえば、大坂城代の松平和泉守が病に倒れた後は、寺社奉行の久世大和守を補するとなっておったの」

ふと思いついたように松平右京大夫が言った。

「はい。内示だけで、まだ正式なものではございませぬが」

松平周防守がうなずいた。

「ふむう。もう一人の寺社奉行にも内示が出たの」

「京都所司代への就任でございますな」

二人の老中が顔を見合わせた。

「京都所司代に決まった土井大炊頭は、伊賀守より一年早かったはずだの」

老中は配下の人事にも精通していた。

「しかし、大坂城代になる久世大和守は、伊賀守より一年後に寺社奉行となりました」

松平周防守が述べた。

「焦ったようだな、伊賀守は」

「どうやら、そのようでございますな」

老中二人の意見は一致した。

「放っておいてもよいが……」

「形だけとはいえ、わたくしが受けてしまいましたし、一言町奉行どもに申しつけましょう」

松平右京大夫の言葉に、松平周防守が続けた。

「そうしてくれ」

「わかりましてござる」

松平周防守が引き受けた。


老中が役人を呼び出すときに動くのも、御用部屋坊主であった。

「牧野大隅守さま、曲淵甲斐守さま、周防守さまがお呼びにございまする」

芙蓉の間の襖を開けた御用部屋坊主が発言した。

老中は官名だけで、それ以外は名字と官名で表現するのが慣例であった。これは、官名の数より、役人が多いため、同じものを名乗る者がいたからであった。老中が官名だけなのは、老中と同じ官名は遠慮する、またすでにかぶっている場合は、老中でない者が改名するのが慣例となっていたからであった。

「承った」

芙蓉の間の隅で刻限まで待機していた牧野大隅守と曲淵甲斐守が、急いで腰をあげた。

「ただちに」

「ふん。たっぷりと叱られてくるがいい」

その様子を見た松平伊賀守がほくそ笑んだ。

呼び出したからといって、すぐに老中が応対してくれることはなかった。

「なんでございましょうや」

「はて」

待機場所に腰を下ろした曲淵甲斐守と牧野大隅守は困惑していた。

「ご坊主どのよ」

曲淵甲斐守が、御用部屋坊主を手招きした。

「なにかご存じないか」

「…………」

問うた曲淵甲斐守に、御用部屋坊主は黙った。

「役宅へお出でをとは申せませぬが、屋敷でよければいつでもお寄りくだされ。用人には申しておきますゆえ」

曲淵甲斐守が誘った。

御用部屋坊主を筆頭とするお城坊主を屋敷に招くのは、遊興のためではなかった。もちろん、酒肴の接待はするが、それ以上に金を贈るために呼んだ。金に汚い御用部屋坊主などのお城坊主は、こうすることで、かなり融通をきかせてくれた。

「それはかたじけのうございまする」

一気に御用部屋坊主の機嫌がよくなった。

「じつはさきほど、寺社奉行の松平伊賀守さまがお出でになり、周防守さまへお目通りをなさいました」

「なにっ」

牧野大隅守が驚愕した。

「…………」

曲淵甲斐守は苦い顔をした。

「わかりましてござる」

用件を理解した曲淵甲斐守は、そこまででいいと御用部屋坊主の話を止めた。御用部屋坊主は老中たちに近いため、いろいろな機密に触れる。それを小出しにして小遣い稼ぎをしていた。その費用は、どこまで話を聞くかで変わる。曲淵甲斐守は、知っている話だとわかったため、そこで要求を取り下げた。

「さようでございますか」

思ってもみない早さで曲淵甲斐守が引いたことで、御用部屋坊主が残念そうな顔をした。

「お待ちあれ」

話が終わりそうになったのを見た牧野大隅守が、割って入った。

「わたくしには、なにがなにやらわかりませぬぞ。甲斐守どの」

牧野大隅守が曲淵甲斐守に嚙《か》みついた。

「ご執政さまのお考えを、忖度《そんたく》するわけには参りませぬ」

曲淵甲斐守は説明を拒んだ。

「なにを……一人だけ、なんとかしようとお考えか」

同じ叱責を受けるにしても、あらかじめなんで叱られるかわかっているのと、まったく理解していないのとでは、そのときの衝撃が違う。

わかっていれば、有効な言いわけや、対応を考えることもできるのだ。知っている、知っていないの差は大きい。

「わたくしの考えが正しいとは限りませぬ。もし、まちがっていたとして、貴殿になにかあったときの責任は取れませぬゆえ、これ以上はご勘弁願いたい」

がんとして曲淵甲斐守は口を割らなかった。

「同役ではござらぬか」

牧野大隅守が泣きそうな顔をした。

「そこまで言われれば……まちがっていてもお叱りになるな」

十分に恩が売れると判断した曲淵甲斐守は、逃げ口を用意しながら語った。

「かたじけない」

老中の怒りを受ければ、いかに町奉行といえども無事ではすまない。よくて西の丸留守居などの閑職へ左遷、悪ければ罷免、下手すれば閉門、小普請落ちもある。

牧野大隅守が焦ったのも無理はなかった。

「同役でござれば、相身互い」

もう一度恩を貸したと念を押しながら、曲淵甲斐守が語った。

「どうやら我らの配下どもが、寺社奉行さまの懐へ手を入れたらしいのでござる」

曲淵甲斐守は吾がとは言わず、我らとすり替えた。

「寺社奉行さまの懐とはなんのことでござろうか」

牧野大隅守が首をかしげた。

「富くじをおこなっている勧進元からの……」

「ああ」

そこまで言って、ようやく牧野大隅守が納得した。

「それを寺社奉行松平伊賀守さまが苦情としてご老中さまへ申しあげられた」

「おそらくは」

曲淵甲斐守が首肯した。

「面倒なことをしてくれる」

牧野大隅守が憤った。

「たしかに、大隅守どののお怒りはごもっともながら、町方の言いぶんもわからぬではございませぬ。なにせ、富くじの盛況で混雑する門前町の治安は、実質町方が代行している状態でござる。実入りもなく、やることだけ増えたのではたまりませすまい」

曲淵甲斐守が与力たちの肩を持つような発言をした。

「なるほどの。門前町は寺社の管轄だが、実質、捕り方を持たぬ寺社奉行所では取り扱いかねる。そこで町方が、手を貸した。美談ではござるが……」

「町人どもにとっては、寺社奉行所であろうが、町奉行所であろうが、どちらでもかまわぬので、掏摸や盗人などを排除さえしてくれればいい。逆に言えば、それができなければ、非難してくる。本来、その相手は寺社奉行所でなければならぬのに、町人どもは、町奉行所を無能と罵りおる」

「それではたまりませぬな。無償で文句を言われては」

牧野大隅守が納得した。

「とはいえ、今までずっと手にしてきた余得が、町奉行所のおかげで減らされたとなれば、穏やかではおれませぬ」

そこで曲淵甲斐守は言葉を切った。

「…………」

不思議そうな顔で牧野大隅守が曲淵甲斐守を見た。

「御用部屋坊主どの、ご苦労でござった」

ていねいな言いかたで、曲淵甲斐守はあっちへ行けと御用部屋坊主を追い払った。

「では、ごめんを」

そこで残るようなまねをすると、曲淵甲斐守の機嫌が悪くなり、後々の心付けに影響する。あっさりと御用部屋坊主が引いた。

「大隅守どのよ。寺社奉行所に渡る余得をご存じか」

曲淵甲斐守は声をひそめた。

「考えたこともござらぬ」

牧野大隅守がわからないと応じた。

「寺社奉行所には、増上寺、寛永寺を始めとする触れ頭から毎年莫大な金が贈られております る」

「増上寺は浄土宗、寛永寺は天台宗。触れ頭は、その宗派に属するすべての寺院を統轄し、幕府と交渉する役目でござったな」

「さようでござる。触れ頭は、同じ宗派の寺院の頂点に立つ代わりに、幕府をうまくいなさなければなりませぬ。幕府を怒らせ、なにか宗派に不利な決定を下されては、下にいる寺社から激しく突きあげられ、本山の顔は丸つぶれ。それを防ぐには、日頃から寺社奉行の機嫌を取っておくに限りまする」

曲淵甲斐守が告げた。

「その金が……」

「合わせれば何千両にもなるとか」

「そこまで……」

牧野大隅守が絶句した。

「その金で、寺社奉行さまは、次を買われるのでござる」

「次とは、大坂城代だとか、若年寄だとか」

「……………」

無言で曲淵甲斐守が肯定した。

「富くじの余得など小さいものでありましょうに」

牧野大隅守が嘆息した。

「まことに。ですが、そのことは口になさらぬように」

「なぜでござる。堂々と事情を話し、伊賀守どのの訴えを却下していただくようにお願いするべきではございませぬか」

牧野大隅守が提案した。

「それは悪手でござる。老中方も、寺社奉行を経験なされておられまする」

「心情は伊賀守どのに近いと」

嫌な顔を牧野大隅守がした。

「お見えのようでござる」

近づいてくる老中松平周防守を見つけた曲淵甲斐守が注意を喚起した。

「あっ」

牧野大隅守が慌てて、頭を下げた。

「待たせたの」

呼び出しただけに、松平周防守が一応の詫びを口にした。

「いえ」

「お気遣いなく」

二人が譲った。

「早速だが、そなたたちを呼び出した用件に入る。寺社奉行より、昨今、町奉行所の配下どもが、その分をこえて、手出しをしてくるとの訴えがあった。御用部屋としても、定められた職分の逸脱は好ましいものではないと考えておる。今後はこのようなことがないように、配下どもを引き締めよ」

松平周防守が一気に述べた。

「畏れながら……」

曲淵甲斐守が、意見を言ってもよいかと問うた。

「甲斐守、なんじゃ」

松平周防守が許した。

「寺社奉行と町奉行の職分を厳しくするとの仰せ、まことにもっとも至極と甲斐守、存分に理解つかまつりました。そのうえで、一つお伺いをさせていただきますが、門前町の扱いはいかがいたしましょう。御上の決まりに従えば、寺社奉行さまの管轄。町方はいっさいの手出しをいたさずとも問題ございませぬか」

曲淵甲斐守が責任の所在をはっきりさせてくれと言った。

「むっ」

痛いところを突かれた松平周防守が詰まった。

「先日、奥右筆へあてて、掏摸の死罪についてお許しをいただきたいとの書付をあげさせていただきましたが、ご覧をいただけましたでしょうや」

「今月は余が月番ゆえ、目を通してはおる」

松平周防守が認めた。

「あの掏摸は、盗みましたものが十両をこえましたゆえ、御定書に沿いまして、死罪にいたすべきだと勘案いたしました。掏摸で十両となりますと、かなりの被害を与えてきた凶賊と言えましょう」

「うむ。そうじゃな。天下の静謐《せいひつ》を守るに、そのような者は除けるべきである」

強く松平周防守が首肯した。

「あの掏摸は、先日谷中感応寺でおこなわれました富くじの日に、門前町で捕縛いたした者でございまする」

「むっ」

曲淵甲斐守の説明に、松平周防守が苦い顔をした。

「門前町は町奉行の管轄ではございませぬ。となりますれば、あの掏摸を捕まえたことは越権、いえ法度を侵したに等しゅうございまする。死罪への手続きはただいま取り下げまする」

「取り下げるだと、で、どうする」

「解き放ちまする」

訊かれた曲淵甲斐守が答えた。

「なにを申すか。そのような凶賊を解き放つなど、江戸に災厄をまき散らすも同然である。町奉行の手ちがいだというならば、そのまま寺社奉行へ引き渡せ」

松平周防守が、命じた。

「これは御執政さまのご指示とも思えませぬ。掏摸はその場で捕まえねばなりませぬ。でなければどれほど疑いが強かろうとも、手出しできぬが決まり。寺社奉行のお方は、その場におられなかったため、町奉行所の者が押さえましたもの。寺社奉行所に引き渡すだけの根拠がございませぬ」

「………」

松平周防守が沈黙した。

「大隅守どの。御執政さまからのお指図はいただきましてござる」

「いかにも」

牧野大隅守がうなずいた。

「下がらせていただいてよろしゅうございましょうや」

「待て」

頭を下げた町奉行二人を、松平周防守が止めた。

「先ほどのことは、一時保留いたせ。もう一度御用部屋で協議をいたし、あらためて指示いたす」

「では、当分の間、今までどおりで」

「よい。町奉行の職務である江戸の安定に、全力を尽くせ」

「はっ」

「お任せいただきたく」

曲淵甲斐守と牧野大隅守が手をついた。

「……お戻りになられた」

「さようでござるな」

曲淵甲斐守と牧野大隅守がほっと肩の力を抜いた。寺社の侵略をなんとか防いだ。

「こちらも奉行所へ戻りましょうぞ」

「でござるな。そろそろ下城の刻限になりまするし」

二人が腰をあげた。

「甲斐守どの、これからも南北手を携えてやっていきましょう」

「こちらこそ、よしなにお願いをいたしまする」

少しとはいえ、牧野大隅守が先任になる。曲淵甲斐守は下手に受けた。

二

下城した曲淵甲斐守に亨は目通りを求めた。

「なにかわかったか」

亨の顔を見るなり、曲淵甲斐守が問うた。

「吉原に殺された男の痕跡がございました」

「……吉原だと。同心どもは調べてなかったのか」

亨の説明を聞いた曲淵甲斐守が、不機嫌になった。

「いえ、三浦屋四郎右衛門の話によれば、すぐに聞き合わせてきたそうでございまする」

「やることはやっておるな。だが、そうだとして、なぜそなたが知り得たことを、同心どもは調べきれなかったのだ」

一瞬、納得した曲淵甲斐守だったが、すぐに疑念を持った。

「…………」

亨は黙った。吉原が町奉行所に強い理由を口にするのははばかりがあった。御上にかなりの金を納めていると告げていいかどうか、亨は悩んだ。

「つごうの悪いことがあるようだな。吉原でなにを見聞きしてきた」

亨の変化を曲淵甲斐守は見逃さなかった。

「……三浦屋四郎右衛門どのに気兼ねせねばなりませぬ」

吉原の秘事を軽々に口にするわけにはいかないと、亨は渋った。

「ふん。そなたが儂に話すことなど、三浦屋四郎右衛門が見抜いておらぬはずはない。遊女屋の主ほど、他人を見抜く目を持つ者はおらぬ」

曲淵甲斐守が言った。

「さようでございましょうか」

「遊郭ほど人の欲が渦巻くところはない。三浦屋は、その最たる場所、吉原において歴史と規模を持つ見世であるぞ。代々の主が出来物でなければ、とうに潰れておる」

疑いを持った亨に、曲淵甲斐守が話した。

「そもそも武家に内密の話などあるか。主に問われれば、しゃべらねばならぬのが武士であるぞ」

曲淵甲斐守の主張は正論であった。武家は主から禄をもらって生きている。それは先祖の功績を黙って受け継がせてもらっているのだ。なんの手柄もない子孫を養ってくれている主君へは絶対の忠誠を捧げなければならない。これが武家の常識であり、それを破って、女と相対死にした、あるいは些細なことでもめて決闘をしたなどは重罪となり、まずまちがいなく家禄は没収、身内も厳しく咎められた。

「はい」

そこまで言われれば、黙っているわけにはいかなかった。亨は語った。

「ほう、吉原から御上へ運上が」

運上とは幕府から特権を認めてもらう代わりに納められる金のことだ。もっとも大きなものとして、長崎会所のものがあった。オランダや清《しん》との交易を一手に握ることを許してもらう代わりに、年間十万両近い大金を長崎会所は幕府へ払っていた。

「しかし、聞いたことがないどころか、そういう噂も耳にしておらぬ」

「では、三浦屋四郎右衛門が偽りを……」

「そなたに偽りを告げる意図がない。それに勘定方には、表に出せぬ金の出入りもある」

亨の推測を切り、続けて曲淵甲斐守が隠れ運上があることを認めた。

曲淵甲斐守は、ずっと番方を歩んできた。目付から大坂町奉行を経て、江戸町奉行へと栄転を重ねてきた。いわば、探索の専門家である。

町奉行は番方と役方両方の役目を担っている。番方は言わずと知れた江戸の町の治安であり、役方は小石川療養所の運営や江戸の物価を監視するなどの行政業務である。

結果、町奉行は、役方を経験した者からも就任があった。

「三浦屋四郎右衛門は、いや、吉原は陰運上のことを、なぜ儂に聞かせたのかだが……」

曲淵甲斐守が思案に入った。

「まあいい。思いつくときもあるだろう」

町奉行は多忙を極める。曲淵甲斐守は、吉原のことを考えるのを止めた。

「他には」

「感応寺の富くじを勧進している者と会いまして、話を訊きました。勧進元に入る手間賃のなかからお寺社方への心付けを出していたそうで、町方が割りこんできたとはいえ、その割合を増やすわけにもいかないとのことでございました」

亨は鶯谷の鴨兵衛との会話を告げた。

「なるほど。総額は決まっていると。渡す相手が増えても金額が変わらぬならば、寺社への配分を削るしかなかったのだな。それで、寺社方が文句を付けてきたわけだ。己の取り分を減らしてでも、町方へ出していれば、このような面倒はおこらなかったというに。吝《しわ》いやつだ」

曲淵甲斐守が、鶯谷の鴨兵衛を罵倒した。

「…………」

亨は黙った。誰でも金は惜しい。鴨兵衛の行動は当たり前とまでは言わないが、無理のないことだと考えていた。

「灸《きゆう》を据えてやらねばならぬな」

「……灸でございますか」

不意に主君が発した言葉に、亨は驚いた。

「そうだ。勧進元が十両や二十両を惜しんだおかげで、儂はご老中さまにお呼び出しまで喰らったわ」

「それは……」

老中の呼び出しで、叱られたとあれば、主君の身分にもかかわってくる。亨は目を剝いた。

「隠密廻り同心……なんと申したかの」

「早坂甚左《はやさかじんざ》でございましょうか」

内与力は町奉行所の人事を把握していなければ務まらない。亨は曲淵甲斐守が求めた人名を口にした。

「そうであったな。早坂をこれへ呼べ。早坂が来たならば、そなたは座を外し、誰も近づけぬようにいたせ」

「はっ」

　亨が首肯した。

　隠密廻り同心は、定町廻り同心、臨時廻り同心と違って、町奉行直属であった。町奉行が廻り方同心のなかから、これはと思う人材を指名し、町奉行所を通じないで使えた。

「お呼びと伺いました」

　亨の伝言を受けた隠密廻り同心早坂甚左が、曲淵甲斐守の前に控えた。

「うむ。そなたは依田和泉守どのの指名を受け、隠密廻りを務めていた」

「さようでございまする」

　確認された早坂甚左が認めた。

「引き続き、儂にも隠密廻り同心として仕えよ」

　曲淵甲斐守が命じた。まだ町奉行になって日の浅い曲淵甲斐守は、隠密廻り同心を選ぶだけの暇がなかった。曲淵甲斐守は、すべての同心と面談する手間を省いたのであった。

「承知いたしましてございまする。身命を賭してお役に立ちまする」

早坂甚左が平伏した。

「これを使え。足らなくなったら、遠慮なく申せ」

亨が呼びに行っている間に用意した金包みを、曲淵甲斐守が早坂甚左に渡した。

「かたじけのうございまする」

早坂甚左がうやうやしく受け取った。

隠密廻り同心には、同僚にも秘密にしなければならない場合がある。そんなとき、探索の費用を町奉行所の経費を司る年番方与力に求めては、そこから密事が漏れかねない。

隠密廻り同心のかかりは、町奉行が己の懐から出すのが慣例であった。

「なにをいたしましょう」

早坂甚左が問うた。

「鶯谷の鴨兵衛を存じおるか」

「谷中辺りの門前町を縄張りにする香具師の親方でございますな」

すぐに早坂甚左が応じた。

「知っておるな」

じっと曲淵甲斐守が早坂甚左を見つめた。

「……富くじのことなれば、いささか聞いておりまする」

奉行直属とはいえ、隠密廻り同心も町方役人である。役得の分配は受けるだけに、その増減については詳しかった。

「竹林たちが、町方の余得獲得に動くのはよい」

まず曲淵甲斐守が、肯定から入った。

「薄禄のわりに、手下どもへの小遣いなど出さねばならぬものが多い。なんとかして金を集めねばならぬのは無理のないことである」

「はっ。ご理解をいただき、かたじけなく存じまする」

早坂甚左が、町方役人一同を代表して、礼を述べた。

「ただ、見つけ次第どこへでも手を伸ばしていいわけではない。手出しをする場所は考えねばならぬ。今回は、あまりよろしくはない」

曲淵甲斐守が声を厳しくした。

「…………」

変化した曲淵甲斐守に、早坂甚左が黙った。

「他人の懐へ手を入れて、まさぐったのはまずい」

「ではございますが……」

「寺社奉行所がなにも働かぬと言いたいのであろう。その分の負担が町方に来ているとも」

抗弁しかかった早坂甚左を曲淵甲斐守が抑えた。

「はい」

言いたいことを言われてしまった早坂甚左がうなずいた。

「今日、儂はご老中松平周防守さまより、ご注意を受けた」

「えっ……」

早坂甚左が息を呑んだ。

「寺社奉行所の管轄を侵すなとな」

「申しわけもございませぬ」

直属の上司が、部下のしでかしたことで、さらに上司から叱られたのだ。早坂甚左は詫びるしかなかった。

「そなたが謝ることではない」

曲淵甲斐守が、手を振った。

「はっ。ありがとうございまする」

顔をあげた早坂甚左が感謝した。

「畏れながら、お奉行さまは、どのように」

続けて早坂甚左が問うた。

「なんとか、ご老中さまを説得し、今一度お考え直しをいただいた」

「それはお見事な」

早坂甚左が、老中を言いくるめた曲淵甲斐守の手腕を讃えた。

「とはいえ、これで終わったわけではない。町奉行所こそ、江戸の治安を守るにふさわしい唯一であると、ご老中さまに納得していただかねば、次はない」

曲淵甲斐守が、楽観できないと述べた。

「わたくしどもで、富くじが当たった男を殺した下手人を捕らえればよいと」

「それが当然である」

言った早坂甚左に、曲淵甲斐守が首肯した。

「お任せをいただきたく」

捕まえてみせると早坂甚左が胸を張った。

「それはそなたの任ではない。そのていどのこと、定町廻りと臨時廻りで片付けてもらわねばならぬ」

曲淵甲斐守がきっぱりと言った。

「……では、わたくしはなにをいたせば」

早坂甚左が尋ねた。

「寺社奉行松平伊賀守が、町奉行越権の訴えを御用部屋にした原因、富くじの勧進元、鶯谷の鴨兵衛を、少し諭してやれ」

「鴨兵衛をでございますか」

意味がわからないと早坂甚左が首をかしげた。

「そうだ。あやつが己の取り分を減らし、寺社奉行への賄を変えずにいたら、なにごともなくすんだ。儂が周防守さまから呼び出されることもなくな」

曲淵甲斐守が怒っていた。

「……たしかに」

一拍の間を置いてから、早坂甚左が首肯した。

「ふん」

その態度に曲淵甲斐守が鼻白んだ。

「……申しわけございませぬ」

他人の懐へ手を入れるのと、その懐を探る。どちらも同じではないかと思ったのを見抜かれたと気づいた早坂甚左が謝罪した。

「なにをすればいいかを言わずともよいな」

少しだけ威圧の籠もった声で、曲淵甲斐守が告げた。

「お任せを」

そこでわからないとか、こうすればいいのですかなどと訊くようでは、町奉行直属の隠密廻り同心など務まらない。

「行け」

曲淵甲斐守が顎で早坂甚左を下がらせた。

咲江は伊兵衛を供に江戸見物を楽しんでいた。

「よろしいんでっか。城見さまのところへ行かんでも」

浅草寺、寛永寺、両国と物見遊山を楽しんでいる咲江に、伊兵衛が問うた。

「すぐに行ったら、甘く見られるやん」

咲江が答えた。

「しゃあけど、嬢はんは、城見さまに会いたいがために江戸へ出てきはったんでっしゃろ。それが一向に会いに行かはれへん」

「そないに安い女やと思われたないし」

怪訝な顔をした伊兵衛へ、咲江が告げた。

「大坂から江戸まで来てるだけで、すでに思われてまっせ」

「うるさいな」

独り言のように呟いた伊兵衛を咲江が叱りつけた。

「それに、城見さまのところへお嫁に行ったら、そうそう江戸見物もでけへんやろ」

「はあ」

「名所を見て、楽しんで、ついでに江戸の地理も呑み込める。一石三鳥の妙手や」

咲江が胸を張った。

「天下の軍師孔明でっかいな」

伊兵衛があきれた。

「文句言うてんと次行くで。栄泉屋の豆大福食べるんや」

咲江が歩き出した。

「またでっか」

三代将軍家光のころから上野門前町にある茶店の出す豆大福は大きくて甘いと評判であった。

「菓子は入るところが違うねん」

うれしそうに咲江が目当ての茶店へと向かった。

寛永寺の創建とほぼ同じころから商っているだけあって、栄泉屋は混雑していた。なんとか二人分の席を詰めてもらい、咲江と伊兵衛は名物を口にできた。

「豆がこんなに入ってるわ」

咲江が感嘆した。

「ほんまでんな。質の悪いとこやと、豆も少ないし、入っていても欠けた豆ばかりで、味も抜けてます。これは上等ですがな」

伊兵衛も美味《うま》そうに頬ばっていた。

「嬢はん、吉原のことどないしはります」

「……ううん」

豆大福をかじりながら、咲江が首をかしげた。

「どないやろうなあ。大坂の新町みたいな感じやったら、町方とうまい具合に手を取り合えるんやけど、神君さまの御免色里という矜持がどう影響するやろか」

口のなかの甘みを咲江が茶で流した。

「吉原大門うちは、苦界やと言いまっせ」

伊兵衛が言った。

「それは、女子《おなご》だけやろ。金で買われたとはいえ、嫌な相手でも受け入れなあかん。嫌でなくても、毎日違った男はんの相手せんならん。わたしやったら三日で狂うわ」

難しい顔を咲江がした。

「…………」

伊兵衛が黙った。

「そやけど、町方は吉原とはつきおうていかなあかん。男はんというのは、しようのないもんや。あぶく銭が入ったら、かならず女を買う」

「……嬢はん」

淡々と言う咲江に、伊兵衛が苦い顔をした。

「町方の娘やで、わたしは。代々の血が流れてる。そんな気遣いはせんでええねん。世間の娘さんとは違う」

いたましい顔をするなと咲江が首を横に振った。

「ですけど、なにも嬢はんがなさらんでも。大坂で指折りの大店、西海屋のお孫娘はんでっせ。望めば、お大名の側室でもなれはりますのに」

伊兵衛が考え直せと言外に述べた。

「覚悟してきたんや。今更、帰られへん」

「そんなことおまへん。西の旦那さまも、西海屋の大旦那さまも、喜んで嬢はんを迎えてくれはります」

強く伊兵衛が言った。

「わかってる。父はんやおじいはんやからな。何一つ意見なく、わたしを今までどおりにさせてくれるやろ。でもな、それも期限つきや」

「………」

期限の意味をわかっている伊兵衛が沈黙した。

「もう二十歳やもの。そろそろ嫁遅《いき》れと言われてもしかたない」

「なんぞ、おましたんか」

伊兵衛が感づいた。

「……良縁なんやろうけどなあ」

小さく咲江が嘆息した。

「東町の筆頭与力さまの嫡男との縁談が父はんのところに来たんや」

咲江が言った。

「それは玉の輿《こし》でっせ」

伊兵衛が驚いた。

大坂町奉行所の与力は、江戸町奉行所と比べて禄高は少なく、八十石ほどである。

しかし、転勤していく大坂城代、大坂町奉行に代わって、商都大坂を実質差配しているに等しく、その権は絶大であった。

大坂の商家からの付け届け、大坂に蔵屋敷を持つ大名家からの挨拶金もあり、その実収は千石の旗本と遜色ないと言われるほど裕福であった。

「しゃあけど、好みやないねんなあ。そのお方」

「嬢はん」

あっさりと言う咲江に、伊兵衛があきれた。

「偉いのは筆頭与力まで上ったお父はんや。息子はなんの功績もない。それやのに、ずいぶんと偉ぶってはってなあ。一度会わなあかんなったときに、商家の血が混じってるやの、同心ていどやの、さんざん見下してくれた」

咲江が腹を立てていた。

町方役人で最大の出世が筆頭与力であった。もともと大坂町奉行所与力の石高は決まっていない。新任が五十石から始めて、偉くなるにつれてあがっていく。これは与力全員の禄が大縄地《おおなわち》という形で一括して支給されることによった。

幕府が与力に支払う石高の総額だけが決まり、禄は平均されていない。となれば、実力のある者が多めに取るのは当然の流れであった。五十石から始まり、何年かの経験を積んで六十石、七十石と増えていく。手慣れた与力で八十石、そんななかで筆頭与力だけが別格であった。

筆頭与力はその座に就いたときの年齢や、何年筆頭であったかなどの差があるため、一概には言えないが禄は百二十石ほどになる。じつに新任の倍以上であった。

他にも商家から個別の付け届けもある。通常、商家が町奉行所へ渡している金は、一度集められて、与力、同心の任や経験、格に応じて分配される。もちろん、筆頭与力がもっとも多い。

さらに筆頭与力ともなれば、奉行が出るほどではない犯罪や、民事のもめ事を自在に差配できる。その権限は町奉行よりも強いのだ。その強い力をあてにして、商家や諸大名の留守居辺りが、筆頭与力に金を渡す。

筆頭与力を数年やれば、ちょっとした商家並みの蓄財ができた。

ただし、筆頭与力の座は世襲できなかった。

どれほど長く筆頭与力を務め、町奉行所の人事をほしいがままにできるだけの力を持っても、息子は見習いから始めなければならなかった。

与力も同心も、その特殊な職務を受け継ぐため、元服をすませた嫡男は見習いとして町奉行所へ出た。わずかながら扶持米も出るが、何年経とうが正式な与力、同心にはなれなかった。

見習いを取るには、親が隠居して席を空けなければならないのだ。

つまり、どれだけ権威を振るった父親でも、己が現役の間に、見習いの息子を吟味方や、年番方などへ就けることはできない。

結果、別人が筆頭与力になり、権力は世襲されないようになっていた。

「そらあきまへんわな」

伊兵衛があきれた。

「あんたが、わたしの供をしてるのは、おじいはんから言いつけられた用事やからや。わたしの相手をすることで、給金をもろてる。いわば、わたしは客」

「相変わらず、遠慮せんお方でんなあ」

事実を言い当てられた伊兵衛が苦笑した。

「当然やろ。お金をもらう限りは、精一杯のことをせんならん。これこそ商売人の芯柱や。金さえもらえばええ。そんな気持ちで売り買いしている連中なんぞ、すぐに潰れるわ。商いの都大坂で、何代も暖簾を続けてきた店は、皆そうや。船場の大店なんぞ、息子ができたら落胆し、娘が生まれたら喜ぶちゅうやないか」

「息子が馬鹿やったら、店が潰れる。しゃあけど娘やったら、できのよい番頭か手代を婿養子にすればいい。そうやって店を継いできはった」

咲江の言葉に、伊兵衛が付け加えた。

「あいにく、わたしは同心の娘や。兄がいてるよって、婿養子は要らん。おじいはんの西海屋には、立派な跡継ぎがいてはる。わたしには、家がついてけえへん。嫁に行くだけや。嫁に行かなあかんことくらいわかってる。なら、ちょっとは好ましい相手がええやろ。吉原や新町の遊女とは違う。嫌な相手に、身体開かんならんのは勘弁や」

心底嫌そうな顔を咲江がした。

「しかしでっせ、嬢はん。筆頭与力さまとの縁談を断ったら、西の旦那さまに影響が出るんと違いますか」

伊兵衛が咲江の父を気遣った。

「心配いらへんよ。お父はんをどうにかしようとしたら、西海屋を敵に回すことになるよってな。筆頭与力の間は押さえつけられても、息子に代を譲った途端、大坂中の商家から干される。それくらい筆頭与力になるほどのお人や、わかってはるわ」

　大丈夫だと咲江が手を振った。

「それにな、もう振ったし」

「えっ……」

　さりげなく白状した咲江に、伊兵衛が唖然とした。

「見合いの日に、席立って帰ってやったんや。あんまり自慢ばっかりでうるさかったから」

「……はあ」

　父親の上司、その息子との見合いを蹴飛ばす。武家の娘とは思えぬ不始末に伊兵衛が嘆息した。

「まあ、そのほとぼりを冷ますという意味もあんねん。今回の江戸行きは」

　あっけらかんと咲江が笑った。

「不始末をしでかした娘を勘当でっか」

　伊兵衛がなんともいえない目で咲江を見た。

「そうや」

「娘を勘当したうえに、大坂から放り出した。そこまでされたら、それ以上の責任は追及できませんな。したら、かえって己の名前に傷が付く。しつこいとか、情けがないとか」

「やなあ」

咲江が笑みを深くした。

「企みましたやろ」

「知らんわ」

窺うように見る伊兵衛から、咲江は目をそらした。

「さあ、次行くえ」

咲江が席を立った。

三

吉原は昼八つ（午後二時ごろ）に大門を開き、商いを始める。

「やっとか」

「まずは腹ごしらえじゃ。腹が減っては戦はできぬ」

町人、武家を問わず、開門を待っていた男たちが、吉原へなだれこんだ。

「お出でなさいやし」

「お楽しみくださいやし」

それらの客を出迎える振りをしながら、吉原会所の男衆たちが、人体を見ていた。

「太吉」

助七が、隣の太吉を軽く肘で突いた。

「………」

無言で太吉がうなずき、仲之町通りを奥へと進んでいく痩せた中年の男のあとを追った。

「兄い」

太吉の抜けた後に、別の会所忘八が入った。

「黒鴉《くろがらす》の市という枕探しだ」

「あいつが……」

忘八が太吉の向かった方角に目をやった。

「ああ。一度、三浦屋で仕事をしやがった。気づかず、三人の客が財布を盗られた」

助七が歯がみをした。

「今度は逃がさねえ」

暗い決意を助七が見せた。

「仕置き蔵の用意をさせやす」

「頼んだ」

忘八の言葉に助七がうなずいた。

見世開け直後の吉原はごった返す。誰もが昨夜の客の汚れを湯で洗い流し、きれいになった遊女を抱きたいからである。一日一人の客しか取らない太夫や格子はどうしても揚げ代が高額になり、庶民では手が出ない。一回ことをすませるだけの端や蹴転がしと呼ばれる最下級の遊女だと、一日で十人以上相手をすることもある。そのうえ、客が代わる度に風呂へ入るわけもなく、手ぬぐいで身体を拭けば上等、後始末さえせずに次の客を受け入れるときもある。

代金が同じならば、少しでもきれいな女と過ごしたい。そう思うのは人情であった。

「落ち着いたようだな。後は任せる」

少しして、人の流れが一段落ついたと見た助七が、会所へと戻った。

「助七の兄貴」

しばらくして、太吉が帰ってきた。

「ご苦労だったな。黒鴉はどこへ入った」

「卍屋さんで」

問うた助七に、太吉が報告した。

「わかった。ちょいとお報せしてくる」

助七が会所を出た。

卍屋も吉原開設以来の歴史ある名見世である。かつては勝山太夫という吉原を代表する名妓を抱え、隆盛を誇っていた。昨今、それほどの遊女を抱えられず、江戸の評判になるほどではないが、三浦屋、西田屋と肩を並べる人気を誇っていた。

「お邪魔をいたしまする」

客の出入りが始まっている。助七は小腰をかがめ、目立たないように卍屋の忘八へ声をかけた。

「会所の」

すぐに卍屋の忘八が気づいた。

「ちょっと」

客の耳がある見世のなかを助七は嫌った。

「お待ちを」

客の入りが始まっている。忙しいのはわかっているはずの忘八仲間の呼び出しである。しかも他聞をはばかるとあれば、応じないわけにはいかなかった。

「すまねえな」

素早く対応した卍屋の忘八に、まず助七は詫びた。

「いえ。それよりもなにが……」

猫の手も借りたいほど忙しい刻限である。無用な遣り取りは避けたかった卍屋の忘八が急かした。

「黒鴉の市が、さきほどそちらへ揚がった」

端的に助七が告げた。

「……枕探しのやろうがですかい」

「…………」

確認に、助七が無言でうなずいた。

「恥ずかしい話、顔を知りやせん」

「教える。入れてもらいたい」

「主に話を」

会所の当番とはいえ、他の見世の忘八を客のいるところへ連れていくわけにはいかなかった。忘八一人の判断をこえると、一度見世へと消えていった。

「……主がお目にかかると」

待つほどもなく忘八が、卍屋の主山本屋芳右衛門を連れて戻ってきた。

「これは、卍屋の旦那」

助七が両手を膝に当てて腰を曲げ、頭を下げた。

「三浦屋の、これから聞いたけど、まちがいはないね。枕探しだと思っていたら、無実だったなんてことになると、うちだけじゃなくて吉原全体の問題になるよ」

山本屋芳右衛門が念を押した。

「承知いたしておりやす」

きっぱりと助七が断言した。

「そうかい。ならばいいだろう。頼んだよ。他のお客さまのものを盗まれてはたまらないからね」

顔あらためを山本屋芳右衛門が許した。

「畏れ入りますが、お見世の看板を一枚お貸し願いたく」

看板とは、見世の名前と紋章を紺地あるいは黒地に染め抜いたものが入っている半纏のことを言う。見世に属する忘八は全員が身につけていた。

「おい」

「へい」

主の指示で、忘八が予備の半纏を持ってきた。

「お借りしやす」

会所と染め抜きのある半纏を助七は脱ぎ、大きく卍と入ったものに着替えた。

「こっちへ」

忘八に先導されて、助七は端女郎とことをなす男を纏めた一階の大広間を見下ろせる二階の角へと行った。

「見てください」

「………」

狭い柱の陰から助七が一階を見下ろした。

卍屋は三浦屋ほどではないが、大見世の一つである。大広間も五十畳近い広さがあった。そこを一畳ほどで区切って、枕屏風《びょうぶ》で囲った一つが、端女郎の仕事場である。

吉原が開いて、半刻（約一時間）ほどになる。すでに区切りのなかでは、女の股を割って、腰を振っている客もいた。

「……いた」

順番に確認していた助七が黒鴉の市を見つけた。

「どこで」

助七の股の間から、忘八が顔を出した。

「左の襖際、正面から三列目、その横二つ目の区切り、遊女相手に酒を呑んでいる痩せた男」

　助七が指さした。

「……あれは弓月さんだな」

　遊女の顔を忘八が確認した。

「降りましょう」

「ああ」

　うながされた助七が同意した。

「……帳場に聞いてまいりやした。鴉のやろう、弓月さんを一夜貸し切りにしてやした」

　一夜貸し切りとは、線香一本が燃え尽きるまでを幾らの端遊女を翌朝まで独り占めする行為である。とはいえ、端は抱かれていくらという最下級の遊女である。一夜貸し切りしてもらっても、馴染み客の応対はしなければならず、ときどき別の寝床へと出張っていく。これを回しと言い、一夜貸し切りの客も、これには文句を言えない決まりであった。もちろん、馴染み客も一夜買い切りと知った場合は、ゆっくりせず、さっさとことをすませて帰るのが礼儀とされていた。

「弓月さんは売れっ子かい」

「ええ。なんといっても美貌ですからね。酒にだらしなくて、失態を繰り返したため、格子から端に落とされた。酒を呑まなきゃ、看板女郎になっていてもおかしくはないくらいです。ほとんど毎日八人は回しを取るくらいで」

「それが狙いだな。回しとはいえ、一度離れれば、小半刻（約三十分）近くは女がいなくなる。その間に近くで、女に夢中の客から……」

「おそらく」

助七と忘八が顔を見合わせた。

「会所の。ありがとうございました」

見世で騒動を起こさずにすむ。卍屋の忘八が礼を述べた。

「いえ。では、後はお任せを」

見世のなかのことは見世の責任である。会所は手出しをしない。助七は、半纏を返すと会所へと帰っていった。

大門開けの次に、吉原が賑わうのは、大工、左官のような職人たちが仕事を終える夕方以降である。

「弓月はいるかあ」

日が落ちる直前、一人の男が卍屋の暖簾を頭であげて入ってきた。

「お出でなさいまし」

忘八が出迎えた。

「おう、弓月を貸し切りだ」

男が大声を出した。

「あいにく、弓月さん、すでに貸し切りのお客さまが」

申しわけなさそうに忘八が詫びた。

「なにいい」

男の顔色が変わった。

「十日以上も辛抱したんだぞ。なんとかしやがれ」

「いかがでございましょう、他の妓では。弓月さんよりも床技のうまい妓もおりますが」

怒り出した男を宥めるように提案した。

「おいっ。おいらは弓月を抱きに来たんだ。他の女なんぞ、代わりになるけえ」

男が忘八をこづいた。

「と言われましても……」

前もって約束でもしていたというならば、どうにかしなければならないが、基本は早い者勝ちが端女郎である。忘八が首を横に振った。

「貸し切りをしている客に交渉してこい。弓月を譲れと」

「ご無理を仰せられても……」

すでに一夜貸し切りになっている。それを押しのけるのは、吉原のしきたりに反していた。

「金なら出す」

「そういうわけには参りませんので」

忘八が断った。

「回しでよければ、弓月さんをお呼びできますが……」

「ふざけるな。回しでちょんの間なんぞ、馴染みの沽券《こけん》にかかわる」

間で一回分だけ抜けてもらうのはどうか、と言った忘八に、男が反論した。

「どうしても駄目なのか」

「ご勘弁を」

　忘八が頭を下げた。

「……そうか。主を呼んでこい」

「それはちょっと」

　客をあしらえなかったとなると、忘八の能力が疑われる。忘八が渋った。

「文句をつけようというのではねえ。弓月の証文を巻いてやろうというんだ」

　男が告げた。

　証文を巻くというのは、借金を肩代わりするとの意味である。男は、弓月を身請けすると言ったのだ。

「えっ……」

　予想外の言葉に、忘八が止まった。

「……なにしている。ははあ、金か、金ならあるぞ」

　男が懐を叩いてみせた。

「ちょ、ちょっとお待ちを」

男の雰囲気で金を持っているかどうかを見抜く目を忘八は持っている。慌てて、忘八が奥へと駆けこんだ。

「お客人、弓月を落籍させたいとのことでございますが……」

山本屋芳右衛門が応対を代わった。

「ああ。金はある」

ふたたび、男が懐を叩いた。

「こちらへ」

「おおっ」

案内する山本屋芳右衛門の後に男が従った。

「弓月の借金でございますが、残りは二百八十九両と二分一朱」

証文の金額を山本屋芳右衛門が読みあげた。

「おう。じゃあ、これでいいな」

懐から男が二十五両ずつの金包みを十二出した。

「今、おつりを」

「要らねえ」

男が手を振った。

「では、残りは弓月さんの支度に回させていただきましょう」

山本屋芳右衛門が一礼した。

「弓月をさっさと出せ」

「お待ちを。今貸し切りのお客さまにお話をいたしませんと」

そうそうに物事は進まない。順番があると山本屋芳右衛門は抑えた。

「まさか、一夜待てと言うんじゃなかろうなあ。証文を巻いた以上、弓月はもう見世の遊女じゃねえ。遊女でない女に客を取らすつもりかい」

正論であった。

「そのようなまねはいたしませぬ」

酒と肴の用意を命じて、山本屋芳右衛門が大広間へ足を運んだ。

「弓月さん、ちょっといいかい」

枕屏風の陰に山本屋芳右衛門が座った。

「ちょ、ちょっとお待ちを」

弓月の声が弾んでいた。

「…………」

じっと山本屋芳右衛門が待った。

「……ふう。主さん、ちょいとごめんなんし」

枕屏風の向こうで、人の立ちあがる気配がした。

「てさま。お待たせをいたしたでありんす」

着崩れた格好で、弓月が出てきた。

「悪かったね。気を張ってる最中に」

山本屋芳右衛門が詫びた。

「いいえ。回しでありんすか」

他の馴染み客の指名がかかったのかと弓月が訊いた。

「いや、弓月さんを身請けされた方が出たんだよ」

「あちきを……」

弓月が唖然とした。

「たった今、弓月さんの借財をきれいにしてくださったよ」

まちがいないと山本屋芳右衛門が言った。

「いったい誰が……」

「こちらへおいでな」

呆然とした弓月の手を引いて、男の待つ部屋へと山本屋芳右衛門が戻った。

「このお方だよ」

「……おまえさんが、あちきを」

男の顔を見た弓月が驚いた。

「よう、うれしいだろ。これでおいらと晴れて夫婦だ」

「金はどうしたんだい」

弓月が疑わしい顔をした。

「今、渡したぞ。な、主」

男が山本屋芳右衛門を見た。

「たしかにいただきましてございまする」

山本屋芳右衛門が認めた。

「では、帰るぜ」

「どこへ」

「よさげなところでしもた屋でも買って、毎日酒呑んで暮らそうぜ」

「毎日酒をかい。金は大丈夫かい」

「ああ。おめえを落籍したくらいじゃ、まだまだあるぜ。酒くらい好きなだけ呑ませてやるぞ」

よだれを垂らしそうな顔をした弓月に、男が首肯した。

「うらやましいね、弓月さん」

言いながら山本屋芳右衛門が、弓月へ目で合図をした。

「でも、今すぐに家を買うわけじゃないんだろう」

小さくうなずいた弓月が、男の膝に手を置いた。

「……そりゃそうだな」

江戸で家を買うのは手間であった。金さえあればどうにかなるというものではなかった。家は大きな財産である。買うとなれば地主との交渉が要り、地主に認められない限り、土地は貸し与えられない。地主としても得体の知れない者に貸して、面倒に巻きこまれるのはごめんだからだ。地面ごと買うとなればもっとややこしかった。地主は幕府へ冥加金《みょうがきん》を納めなければならない他に、町内の役を務める。町役《ちようやく》人《にん》になることもある。町役人は、村で言うところの庄屋のようなもので、相当な信用がなければならない。それこそ富くじで金を持ったので、土地をなどという者には認められない。

「今から帰るのはいいけどさあ。あんたの長屋で最初の夜なんて嫌だよ」

弓月が文句を言った。

「しかたねえ。家の手はずがつくまで、どこかの揚屋に居続けるか」

男が泊まると言った。

「ならさあ、丹波屋にしておくれな。あそこは酒がいいから」

「任しとけ」

「旦那、お世話をお願いします」

廓《くるわ》言葉を捨てた弓月が、手配を求めた。

「わかったよ。丹波屋さんには、わたしの名前で忘八を走らせるから、もう行ってくれても大丈夫だ」

「おかたじけ。行こうよ、おまえさん」

弓月が男の手を引いて出ていった。

「…………」

山本屋芳右衛門の表情が険しいものに変わった。

「旦那、よろしゅうございますか」

そこへ忘八が顔を出した。

「どうしたい」

「鴉を捕まえやした」

弓月がいなくなったことで動いた黒鴉の市が、警戒していた忘八に押さえられたのだ。

「仕置き蔵へ入れておきなさい」

「はい」

指示に忘八がうなずいた。

「あと、三浦屋さんへ出かけます。前触れを出しておくれ」

山本屋芳右衛門が厳しい声で命じた。

第五章　門の内外

一

吉原の印半纏《しるしばんてん》は、一種のご免状であった。人として認められない忘八だが、印半纏を身につけている限りは、他人から害を受けることはない。神君家康公ご認可の遊郭の権威は、強い。

吉原の忘八が、大門から出てくる理由はおおむね三つであった。

一つは、買いものである。吉原には出入りの店があり、小間物や化粧道具、煙草や甘味などは注文すれば届けられた。とはいえ、その品揃えには限界があり、手に入らないものも多かった。客や遊女が、そういったものを望んだとき、忘八は大門外まで買いものに出た。

二つ目は揚げ代の回収であった。吉原で遊んで金が足りなくなったり、あるいはつけが溜まったりした客の代金を、実家あるいは関係先へ求めに行くのも忘八の仕事である。これを付け馬と言い、客にとって大きな恥とされていた。

最後が文使いであった。吉原には行事が多い。正月から大晦日《おおみそか》まで、いろいろな理由を付けては、行事を開催した。花見、月見など行事の日は、遊女の揚げ代が倍になった。当たり前だが、同じ女を抱くのに、倍の料金を払いたい者などいない。だからといってそのままでは、遊女の借財は増える。客が付かなかった日の揚げ代は、遊女が自ら支払わなければならないようになっているからである。そこで、遊女たちは、あの手この手を駆使して、馴染み客に来てくれるように頼む。逢瀬のついでに強請《ねだ》ることができればいいが、どうしても約束が取れなかった遊女たちに残された手段は文しかない。そこで遊女たちは文を書き、それを届けるために忘八が江戸中へと散った。

「御免をくださいまし」

文使いにせよ、付け馬にせよ、忘八は堂々と表から客のもとへ訪問できなかった。吉原の忘八は人別を失った者が多く、人として扱われないため、勝手口あるいは裏木戸から声をかけるのが常であった。

「……忘八かい」

声に出てきた女中が嫌そうな顔をした。

「誰だい。文をもらう男は。番頭さんかい、それとも手代の佐吉さんかい」

女中が手を出した。

「いえ。こちらに西咲江さまとおっしゃるお方がお出でかと」

「……どうしてそれを」

知るはずのないことを口にした忘八に女中の雰囲気が変わった。

「わたくし三浦屋の助七と申しまする。北町奉行所内与力の城見亨さまより、こちらの西咲江さまへお言付けをと命じられまして」

「北町の城見さま……ちょっと待ってなさい」

なかへ入るなと釘を刺して、女中が一度奥へと引っこんだ。

「あなたが、吉原の使い」

手代を一人供に連れた若い女が、助七のもとへとやってきた。

「へい。三浦屋の助七と申しまする。城見さまより、なにかあったときには、こちらにおられる西さまへ報せてくれるようにと仰せつかっておりまする」

「城見さまが、わたしを頼るようにと……」

「はい。町奉行所へわたくしどもが出入りするわけにも参りませぬので」

「ほんになあ。さすがは城見さまや。わたしを信用してくれてはる」

うれしそうに咲江が喜んだ。

「や、安っ」

「なんやて……」

思わず漏らした伊兵衛に、咲江が低い声を出した。

「なんでもおまへん」

慌てて伊兵衛が首を大きく振った。

「要らんこと言いな。で、三浦屋の男衆、話を」

「へい。昨日……」

咲江に促された助七が報告した。

「やっぱり、吉原に来たんやなあ。ほんまに金を持った男ちゅうのは、すること決まってるわ」

大きく咲江が嘆息した。

「………」

助七は黙った。その男のお陰で生きているとはいえ、忘八の身分で江戸の大店として知られる播磨屋にかかわりある娘へ、文句をつけるわけにはいかなかった。

「ああ、ごめんやで。まあ、女の思いやと割り切っておくれな」

気まずい顔をした助七に気づいた咲江が詫びた。

「いえ。では、あっしはこれで」

気にしてないと手を振って、助七が去っていった。

「あかんなあ……一言多い癖はなおさなあかん」

咲江が肩を落とした。

「嬢はん、そんなことより、城見さまのところへ行かなあかんのと違いますのん」

落ちこんだ咲江を、伊兵衛が引き戻した。

「そうやった。用意せな」

一気に気分を向上させた咲江が、母屋へ戻った。

　寺社奉行は役宅を持たなかった。任じられるのが大名であることから、屋敷に役所を置くだけの余裕があった。そして同じ理由で、町奉行所のように、代々の与力、同心などはなく、役目にある間、藩士から与力に相当する大検使、同心に比される小検使を出した。

「申しわけございませぬ」

　亨との交渉に失敗した寺社奉行松平伊賀守の家臣で小検使を務める江坂言太郎が、大検使寺山石見《てらやまいわみ》に詫びた。

「まったくである。富くじ殺しの下手人をなんとしてでも、我らの手で捕縛せねばならぬ。殿の厳命であるぞ」

　寺山石見が江坂を叱った。

「いろいろと話をいたしたのでございますが……どうしても口を開きませず」

　江坂が落ちこんだ。

「たかが内与力一人、威圧できなかったのか。与力とは言っておるが、そのじつは旗本の家臣でしかない。我らと同じ陪臣。いや、主が大名になれなかった旗本ぞ。我らよりも格下でしかない。それを抑えきれぬとは、言太郎、そなたに小検使は重すぎたようだな」

「申しわけもございませぬ」

上司の叱責を江坂は甘んじて受けるしかなかった。

「先之助《さきのすけ》、そなたに任せる。もともと感応寺の富くじは、そなたの担当じゃ」

「担当と仰せられましても、わたくしは富くじに不正がないかどうかを監督するだけで、下手人の探索、捕縛などいたしたことはございませぬ」

伊藤先之助が責任を振られて、慌てた。

「それでも当家の家臣か。まったく、役立たずばかりではないか」

寺山が嘆息した。

「お言葉ではございますが、我らは徒組《かちぐみ》でございまする」

徒組とは、その名のとおり、戦場へ騎馬ではなく徒歩で行く者のことだ。

「国元町奉行の配下や横目付ではございませぬ。下手人の探索などしたこともなければ、どうすればよいかさえ知りませぬ」

伊藤が言いわけを始めた。

「さようでございまする。我らは代々の徒組。槍や剣で敵を討つ鍛錬は重ねておりますが、殺さずに捕縛する練習などしたこともありませぬ」

　その尻馬に江坂も乗った。

「……情けないことだ」

　寺山が大いに嘆いた。

「ならばなぜ、小検使の役を受けた。話があったときに断れ」

「……それは」

「ご指名でございましたので」

　厳しい指摘に二人がうつむいた。

「ふん、小検使になれば手に入る手当と余得が目当てであったろうが」

　寺山が吐き捨てた。

「もうよい。役立たずに任せるほど寺社奉行という役目は軽くない。そなたたちの職を解く」

「そんな……」

「お待ちくださいませ」

　小検使の任を解かれれば、富くじの余得、寺社から届けられる挨拶金などの分配がなくなる。わずかな役職手当の扶持米など問題にならないほど、余得は多い。江坂も伊藤も顔色を変えた。

「きっとやり遂げてみせますゆえ、今一度のご猶予を」

「決死の覚悟で挑みまする」

江坂と伊藤が寺山にすがった。

「失敗は許さぬぞ。殿のお名前にかかわるのだ。もし、次も失態を晒《さら》したら、小検使の役目どころか、藩籍も失うと思え」

「藩籍も……」

二人が唖然とした。藩籍とは、藩士としての身分を記した名簿のことだ。藩籍簿から名前を削られるのは、浪人になることを意味していた。

「覚悟して行け」

さっさと任に向かえと寺山が手を振った。

上司の前から離れた江坂と伊藤は、小検使の控えとして使われている小部屋で、難しい顔をしていた。

「どうする」

「むうう」

二人に名案はなかった。

「不浄職のまねなどできるか」

伊藤が憤懣を露わにした。

「しかし、小検使は町方の同心にあたる。咎人の捕縛は任である。寺山さまのお言葉は正しい」

江坂が宥めた。

「なにを言う。お主も小検使になるとき、下手人の探索をさせられるなど思ってもいなかっただろうが。吾と同様、余得の噂に飛びついた組だろう」

「…………」

図星を突かれた江坂が黙った。

「……だが、今更そんな話をしてもしかたなかろう」

気を取り直した江坂が反論した。

「……むうう」

今度は伊藤が詰まった。

「江坂、町方の内与力は、吉原でなにかを摑んだのはまちがいないか」

「ないはずだ。扱いがあまりに違ったうえ、話をした内与力の態度がな」

江坂が思い出すように言った。

「やはり、そやつを捕まえて話を訊き出すしかないな」

「うむ」

二人が立ちあがった。


「城見さま、ご面会のお客が役宅玄関にお出でで」

町奉行所が雇っている小者が、報せに来た。

「吾に客か」

「お美しい女性《にょしょう》でございますよ」

小者が下卑た笑いを浮かべた。

「女……咲江どのか」

町奉行所に若い女は目立つ。急いで亨は玄関へと向かった。

「城見さま」

玄関脇に咲江は伊兵衛を供に立っていた。玄関を使えるのは、当主ならびに重職、同格以上の客に限られる。咲江に玄関から役宅へあがる資格はなかった。

「西どの……吉原から」

「はい」

来訪の意味を理解した亨の言葉に、咲江がうなずいた。

「こちらへ」

亨は内与力として玄関からの出入りが許されている。そそくさと亨は咲江たちを、己の長屋へと案内した。

「ここが、城見さまのお長屋」

内与力の長屋は狭い。玄関はなく、土間と繫がる台所、板の間の女中部屋、門脇の下男部屋を除けば、亨の居室である書院と客間代わりに使っている座敷しかない。

咲江が珍しそうに客間を見回した。

「吉原からなにを……」

亨は、奥の居室を見ようと首を伸ばす咲江を急かした。

「あ、そうでございました」

苦笑した咲江は、助七から聞かされた話を伝えた。

「そうか。ついに来たか」

亨は歓喜した。

「咲江どの、御礼は後日」

慌てて亨は、主曲淵甲斐守のもとへと走り出した。

「相変わらず、せわしないお方やなあ」

残された咲江がほほえんだ。

「ほな、ちょっとわたしも動くかなあ」

腰をあげた咲江が、台所に顔を出した。

「あっ、お客さま、お茶の替えでございますか」

女中が咲江に慌てた。

「違うねん。わたし大坂西町奉行所同心、西二乃介《にのすけ》の娘で咲江言いますねん。ちょっと教えて欲しいことが……」

咲江は女中の懐柔を始めた。

二

下城してきた曲淵甲斐守は、筆頭与力の竹林一栄から、その日の報告を受けていた。

「進展はないのか」

「申しわけございませんが……」

竹林一栄が、うつむいた。

「そろそろ期限が来る。そう簡単に寺社奉行が捕まえられるとは思わぬが……」

そこで曲淵甲斐守が一拍おいた。

「本職でない寺社奉行の大検使や小検使に負けるような者を町方にしておくわけにはいかぬ。覚悟をしておくように」

曲淵甲斐守が厳しい言葉を告げた。

「承知いたしておりまする」

顔色も変えず竹林一栄が認めた。

「殿、こちらでございますか」

襖の外から亨の大声が聞こえた。

「亨か。入れ」

「御免」

許可を得て、亨が襖を開いた。

「どうした」

用件を曲淵甲斐守が問うた。

「見つけまして……」

「待て」

興奮しながら話を始めた亨を、曲淵甲斐守が止めた。

「竹林、下がっていい」

「はっ」

退出を促された竹林一栄が、一礼して奉行の部屋を出ていった。

「亨、気を付けよ。報告は、儂一人だけにせよ。決して、他の者に聞かせてはならぬ。わかったな」

「気を付けまする。申しわけございませぬ」

注意をされた亨は、詫びた。

「下手人を見つけたのだな」

叱り終えた曲淵甲斐守が確認した。

「はい。吉原に来たようでございまする」

亨が語った。

「吉原に……そなた、どうやって吉原の者と連絡した」

「あっ……」

咲江のことを亨は報告していなかった。

「私事まで、お話をするべきではないと考えまして……」

亨は一部始終を語った。

「判断は、儂がする。そなたの勝手な考えで、隠すようなまねをするな」

竹林一栄のときよりも、きつく曲淵甲斐守が怒鳴りつけた。

「申しわけもございませぬ」

主君の怒りの大きさに、亨は身を縮めた。

「しかし大坂から同心の娘が江戸へ来た。なんの意図があるのか」

「わかりませぬ」

予想外のことに戸惑う主君に、亨は首を左右に振った。

「とにかく、以後気を付けよ。そなたの迂闊《うかつ》が、儂の首を飛ばしかねぬ」

「はっ」

もう一本釘を刺された亨は頭を垂れるしかなかった。

「しかし、よくしてのけた。これで伊賀守を気にせずともすむ」

曲淵甲斐守が褒めた。

「畏れ入りまする」

亨が恐縮した。

「下手人は、もう捕まえたも同然だが、問題は……勧進元、いや、町方どもだ」

苦い表情を曲淵甲斐守が浮かべた。

「勧進元に事情聴取に出向いていないなど、論外ではないか」

曲淵甲斐守があきれた。

「富くじの当たりを引いた者が、どこの誰かを知っているのは、勧進元だ。その情報がどのように保管され、利用されているのかを確認せねばなるまいが。そこから漏れて、あの男が襲われたかも知れぬというように」

「……………」

亨は黙って聞いていた。

「金をもらうなとは言わぬ。小者を使うにもただではいかぬからな。だが、それも限界がある。金をくれた者を探索から外すようでは、本末転倒も甚だしい」

「はい」

これには亨も同意した。

「だが、意図してやっているという証がない」

「聞き合わせに行っておりませぬが。勧進元鶯谷の鴨兵衛からわたくしが聞きました」

亨が述べた。

「そなたの証言は使えぬ。儂の家臣だからの。町方の連中から見れば、信用に値すまい」

「お奉行さまを信用せぬなど……」

亨が唖然とした。

「町方と対峙しているのだ。儂は」

曲淵甲斐守が、亨を見た。

「旗本として町奉行は出世の頂点である。町奉行を経て寺社奉行にまであがった大岡越前守どのの例もあるが、あれは特例だ。大岡越前守どのは、ときの上様である八代将軍吉宗さまの寵臣《ちょうしん》であったからな。将軍の寵臣だった旗本が、大名に引きあげられるのは、珍しいことではない」

三代将軍家光の寵臣、松平伊豆守信綱や、五代将軍綱吉の側近、柳沢美濃守吉保《やなぎさわみののかみよしやす》ら、数百石の小旗本から、大名まで出世したものはそこそこ多い。

「だが、儂は上様の側近でも、寵臣でもない。ただの役人じゃ。手柄なしでこれ以上の出世はない」

険しい顔で曲淵甲斐守が言った。

曲淵甲斐守の本禄は六百石であった。今は、足高によって町奉行の格にふさわしい三千石となっているが、当然、職を辞したら足された二千四百石は返納しなければばならなくなる。

「儂は町奉行を上がり役にする気はない」

上がり役とは、隠居するまで務めることを意味していた。

「十年だ。十年務めれば、慣例で足高は加増になる」

曲淵甲斐守の言うように長くその職にあった者は、隠居あるいは異動のとき、功績を認められて足高分を加増されることが多かった。満額でないときもあるが、それでも少なくない石高が与えられた。

「三千石が家禄となれば、余裕も出る。当然、家中の者へも加増してやれる。そなたの城見家は二百石だな」

「……そんなに」

亨は息を呑んだ。城見家の家禄は八十石である。六百石の曲淵家では、用人に次ぐ名門であった。

「主君として、家臣たちの生活に責任を持たねばならぬ」

「ありがたきお言葉」

曲淵甲斐守の一言に、亨は頭を下げた。

「泰平の世で禄を増やすのは困難であった。だが、今、曲淵はその機を得ようとしている。そして三千石になれば、大目付留守居役に手が届く」

熱の入った曲淵甲斐守が拳を握った。大目付も留守居も五千石高の役目である。本禄三千石以上でないと就任は難しい。

「亨」

「はっ」

呼びかけられた亨は、頭を低くして傾聴の姿勢を取った。

「そなたに特別な任を与える」

曲淵甲斐守が亨を見つめた。

「町奉行として儂があり続けるため、いや、それ以上を望むための障害となるものを取り除け」

「それは……」

亨は平伏したままで問うた。

「言わずばわからぬか。あらゆる手立てを遣ってよい」

かすかな苛立ちを曲淵甲斐守が声に乗せた。

「…………」

あらゆる手立ての意味がわからないほど亨も世間知らずではなかった。

「…………」

黙った亨を曲淵甲斐守が待った。

「家臣は主君のためにございまする」

ようやく亨は口を開いた。

「そうだ。主君が浮けば、家臣もよくなり、主君が沈めば、家臣は辛い目に遭う。儂とそなたは一蓮托生である」

曲淵甲斐守がうなずいた。

「殿の御為、身命を賭しまする」

亨が応じた。

「隠密廻り同心早坂甚左を呼んで参れ。今日はまだ指示を出しておらぬゆえ、同心部屋におるはずだ」

曲淵甲斐守が亨に命じた。奉行直属の隠密廻り同心は、御用中でない限りいつ呼び出されてもいいように、町奉行所へ詰めていた。

「はっ」

すぐに亨は、同心部屋へ赴き、早坂甚左を呼び出した。

「御用でございますか」

早坂甚左が、曲淵甲斐守の前に座った。

「うむ。あらためて紹介せずとも知っていようが、内与力の城見亨じゃ」

曲淵甲斐守が、亨を紹介した。

「お顔を存じておりましたが、お話をさせていただくのは、初めてでございまする。隠密廻り同心を拝命しておりまする早坂甚左にございまする」

早坂甚左が一礼した。

「よしなに」

主君が紹介してくれている。もう一度名乗る意味はない。亨は、軽く挨拶を返した。

「早坂に先ほどの話をいたせ」

「はっ」

言われた亨は、吉次郎を殺した下手人が吉原に来ていると語った。

「な、なぜ、それを内与力さまが……同心部屋では、いっさいそのような話はございませんでしたが」

早坂甚左が驚愕した。

「亨、人が来ぬように、外との出入りを遮っておけ」

「はっ」

驚く早坂甚左を放置して、曲淵甲斐守が亨に居室の外での見張りを命じた。

「さて、その理由を儂の口から言わねばならぬか」

曲淵甲斐守がきつい目で早坂甚左を睨みつけた。

「……いえ」

隠密廻り同心こそ、同心の最高位である。腕が立つだけではなく、頭もよくなければ務まらなかった。早坂甚左がうつむいた。

「町方は、かなり現状に慣れているようだの」

柔らかい表現だったが、その実は甘えている、あるいは手抜きをしているという厳しいものである。

「恥じ入りまする」

早坂甚左が詫びた。

「早速、臨時廻り同心を連れて、吉原へ」

捕縛に向かうと早坂甚左が腰を浮かせた。

「ならぬ」

一言で、曲淵甲斐守が早坂甚左を制した。

「えっ」

早坂甚左が意外な指示に固まった。

「なんのために、そなたを呼んだと思う。町方に捕縛させるつもりならば、そなたではなく筆頭与力を呼ぶわ」

「…………」

そのとおりであった。いかに奉行直属とはいえ、隠密廻り同心に捕り方を指揮する権はなかった。

「では、なぜ」

早坂甚左が警戒した。

「今の町方は正常か」

「…………」

曲淵甲斐守の問いに早坂甚左は沈黙した。

「そなた今回の一件で、勧進元へ行ったか」

「これから参ろうと」

早坂甚左が言いわけを口にした。

「他の廻り方同心も行っておらぬようだな。ことが起こってもう十日をこえているというのにだ」

「……他に優先すべきことがございますのでしょう」

早坂甚左がかばった。

「ほう。だが、いまだに下手人の目処がついたという報告も受けてはおらぬぞ。まさか、奉行には捕まえてから教えればいいと考えているのではなかろうな」

「そのようなことは……」

老練な同心である早坂甚左が、曲淵甲斐守の言いぶんにうろたえた。

「町奉行は世襲ではない。いつかいなくなる。いわば、笠のようなものだ。いつでも頭から離すことができる。町方のことをなにもわかっていない旗本は黙って座っていろと言いたいのだろう」

「まさか」

早坂甚左の顔色が悪くなった。曲淵甲斐守が、世襲の町方役人を敵に回すと遠回しに言っていると気づいたのだ。

「お奉行さま」

真っ白な顔色で、早坂甚左が曲淵甲斐守を見あげた。

「今のままの町方でよいとは、儂は思っておらぬ。たしかに町方の努力で、江戸の治安はおおむね問題がない状態にある。ただし、おおむねだ」

曲淵甲斐守が話した。

「吉原が儂に手を貸すのはなぜだと思う。町方ではない内与力という家臣を出したことで、儂がまだ町方の悪癖に染まっていないとわかったからだ。吉原も馬鹿ではない。いつまでも大門内は別などと言っていられぬ。神君家康公のお許しも、すでに一度傷が付いた」

かつて吉原は、江戸城大手門に近い茅場町《かやばちょう》にあった。しかし、四代将軍家綱のとき、執政松平伊豆守信綱によって、郊外へと移されていた。神君家康公が許した便利な場所での営業を、ときの執政が反故にしたのだ。

「いつまた、同じことが起こらぬとは限らぬであろう。とくに、今の御執政にはいささかお考えが違うお方がおられる。いや、今はまだ御執政ではないが、まもなくその地位に就かれるお方がの」

「田沼主殿頭《たぬまとのものかみ》さま……」

早坂甚左が漏らした。

「ゆえに、吉原はもっともかかわりのある町奉行とのかかわりを求めた。その挨拶が、今回のことよ」

曲淵甲斐守が語った。

「儂がなにを言いたいか、わかるな」

「……………」

早坂甚左がふたたび沈黙した。

「吉原が求めたのは、町方ではなく、町奉行だということよ」

「……………」

ぐっと早坂甚左が口を閉じた。

「黙るな。反論がないならば、従え」

「……我ら町方の苦労など、お奉行さまにはおわかりにならぬ」

きっと顔をあげた早坂甚左が口を開いた。

「わからぬな」

すんなりと曲淵甲斐守が認めた。

「だが、そなたたちも儂の苦労や、辛さを知るまい」

「それは……しかし、お奉行には食べていくに困らぬだけの禄がござる」

一瞬反論の勢いをそがれた早坂甚左だったが、気を取りなおした。

「ふざけるな。旗本には旗本のかかりが要る。そなたたちが年中同じ衣服で世間を歩けるのとは違う。身分に応じた身形やつきあいがあるのだ。なにより、そなたらには上役がおらぬ」

曲淵甲斐守が言い返した。

「上役はおりまする。お奉行さまが」

「ふざけているのか、そなたは。さきほど、儂のもとに何一つ報告が来ぬと申したところだぞ。報告をされぬ者を上役と言うか」

「うっ……」

静かに怒る曲淵甲斐守に、早坂甚左が詰まった。

「そなたらは、町方だけの世間で生きている。奉行が、老中が代わろうが、いや、将軍家が代替わりなさろうが、まったくかかわりのないことと傍観してな」

曲淵甲斐守が断じた。

「だが、儂はそうはいかぬ。町奉行として江戸の治安、防災、物価に責任を負わねばならぬ。そのうえ、上役がある。直接の上役である御老中、そして上様だ。そのお二方のご指示は絶対である。命を捨てても従わねばならぬ。そなたたち、儂が死ねと命じても聞くまいが」

「…………」

早坂甚左が言葉を失った。

「上役だけではない。直接の上下はないが、寺社奉行、勘定奉行の両方に気を使わねばならぬ。わかっておろう、今回の一件は、そなたたちが欲をかいた結果だと」

「……それは」

早坂甚左の目が泳いだ。

「それでいながら、吉原には一度話を訊きに行っただけ、勧進元に関しては、誰も尋問さえしていない。これでやるだけやっていると言えるのか。返答せい。沈黙は肯定と見なす」

曲淵甲斐守が無言になるという逃げ道を塞いだ。

「……申せませぬ」

「人が一人殺された。そして千両近い金を奪われた。十両盗めば死罪という決まりにおいて、じつに百人分の罪を犯した者を真剣に捕らえようとしておらぬ。これが町方だ」

「いえ。決して捕らえぬつもりなどはございませぬ」

さすがにこれを認めるわけにはいかなかった。早坂甚左が反発した。

「口は便利だ。いくらでも言いわけできる。だがな、甚左。町方の任は口でできるものではない。成果をあげて初めてなりたつものであろう」

「……はい」

素人同然の亭に、影さえ摑めていなかった下手人を特定されてしまったのだ。探索方としての矜持があれば、否定はできなかった。

「そこでだ、儂がそなたを呼んだのはなぜか。このまま、亨に捕縛させてもかまわなかったのにだ」

無頼の一人や二人、亨ならば問題ない。主君である曲淵甲斐守は、亨の腕を熟知していた。

「…………」

早坂甚左がまた沈黙したが、これはわからないとの意思表示であった。

「亨に捕まえさせて、捕り方どもの鼻をへし折り、吟味方を総入れ替えしてもよかった。竹林を隠居させ、息子に入れ替えれば、ずいぶんと扱いやすくもなろう。だが、あえてそれをしなかった。その理由をそなたはわからぬようだな」

「我らの反発を……」

もっとも考えつく答えを早坂甚左が口にした。

「そんなもの、怖れもせぬわ。内与力が町方と寺社の騒動となっている富くじ殺しを解決したとなれば、ご老中方も今の町方がどれほど役立たずかおわかりになられよう。そこで儂が、あらたな町方のお話をいたさば、お聞き届けくださるはずじや」

「あらたな町方……」

早坂甚左が唖然とした。

「与力、同心はそなたたちだけではない。そなたたちでなければ、町方が務まらぬわけではない」

「いえ、代々町方を世襲してきた我らなればこそ、御法度、町触れにも精通いたしており、江戸の町も路地の隅々まで把握しております。でなければ、江戸の治安は……」

「もたぬと言いたいか」

鼻先で曲淵甲斐守が笑った。

「江戸の辻にくわしいとなれば、そなたたちよりも黒鍬がまさる」

曲淵甲斐守の言う黒鍬者とは、幕府の中間《ちゅうげん》と呼ばれる小者である。戦国時代、城攻めや鉱山開発などに活躍した黒鍬者だが、泰平とともにその価値を失い、今では侍でもない身分として虐げられながら、江戸の辻の保全を任としていた。

「黒鍬など武士ではございませぬ」

早坂甚左が比べるのもおこがましいと非難した。

「よな。だけに、黒鍬から同心に引きあげてくれると言えば、死力を尽くして任に励むであろうなあ」

「……なにを」

虐げられている者に、その差別のもとをなくすという誘いは大きい。曲淵甲斐守の案に、早坂甚左が蒼白になった。

「黒鍬で同心は補える。では、与力には誰を。同心でありながら、迫害をされ続けている連中がおろう」

問うように、曲淵甲斐守が早坂甚左に話した。

「まさか……」

「そうよ。伊賀者同心よ。同じ忍ながら、甲賀は与力、伊賀は同心。そのことをずっと根に持っておる」

かつて目付をしていた曲淵甲斐守である。幕臣のことはよく知っている。

「与力になれるとあれば、余に必死で尽くしてくれようよ」

「…………」

早坂甚左が声を失った。

「一年。実務に慣れるに一年あれば、町方は総入れ替えできる」

「そ、その実務を誰が教えると。今の町方は協力いたしませぬぞ」

抗弁の種を見つけたとばかりに、早坂甚左が声をあげた。

「果たしてそうか。五人ほど町方に残してやると言えば、あっさり寝返る者が出てくるだろう。町方は一枚岩などと信じているのではあるまいな。もし、そうなれば、儂は最初に、そなたを解任せねばならぬ。現実を見つめられぬ者に、町奉行直属の隠密廻りは務まらぬでな」

「……うっ」

試すような目で、曲淵甲斐守が早坂甚左を見た。

早坂甚左が口籠もった。

「わかったであろう。儂が、亨だけに捕縛を命じなかったのは、町方の反発が怖いわけではないということが」

「では、なぜ」

早坂甚左が、もとの疑問に返った。

「寺社の手出しに対する報復だからよ。町方が期限までに下手人を捕縛した。江戸の町に関しては、町方に優る者はないという示威だ。もし、吾が家臣だけでこれをなせば、きっと寺社奉行は勝ち誇るぞ。町方には人がなく、陪臣に頼ったと。そうなれば、御執政衆も町方の権を削ることに同意されるやも知れぬ」

「そのような秩序を乱すまねを、ご老中さまがなさるはずは……」

「老中方はどなたも、寺社奉行を経験されている。普段ならば無道なまねに力は貸されまいが、こちらに隙があれば、容赦はなさるまい」

「………」

早坂甚左の目から力が消えた。

「儂は就任早々から、町奉行の権を削られるような恥を搔《か》くつもりはない。わかるな。儂の配下に無能はおらぬ。ゆえに、結末は町方の手でつけさせるのだ」

「わたくしを駒に……」

そこまで言われて気づかないはずはなかった。曲淵甲斐守は、町方に手柄は立てさせるが、その相手は竹林一栄や、神山元太郎たちではなく、早坂甚左だと告げた。

当然、早坂甚左は、竹林一栄ら仲間から白眼視されることになる。いわば、早坂甚左は生け贄《にえ》に選ばれたに等しかった。

「断ってもかまわぬ。ただし、そのときは覚悟してもらう。隠密廻りは同心の上がり役だそうだの」

隠居せよと曲淵甲斐守が呈示した。

「息子に跡目は継がせてやる。それも嫌だというならば、お前の代で終わりだ」

曲淵甲斐守が宣した。

町方同心はお抱え席と呼ばれる一代限りの役目である。代替わりには、町奉行所の庶務を統轄する年番方与力の認可が要った。そして、その認可を町奉行は取り消す権を有していた。

「卑怯な……」

「どちらがだ。金のために人殺しを見逃す町方と」

「わたくしは……」

「そなたは違うだなどという寝言は聞かせるなよ。町方の失策は町奉行の失敗。そなたたちが手を抜けば、責任を取らされるのは儂だ。当然、その逆もな。町方一人が逆らえば、そのすべてを儂は敵だと思うぞ。でなくば、町奉行などやってられぬわ」

　否定しようとした早坂甚左を曲淵甲斐守は黙らせた。

「どうする。儂について町方から浮くか。町方に義理を立てて浪人するか」

「ううう」

　早坂甚左が唸った。

「心配するな。儂もずっと町方を敵視するつもりはない。役得も否定はせぬ。ただし、あるていどで我慢せよ。他人の懐に手を入れるようなまねをせずば、町屋からもらう付け届けは黙認してやる」

　既存の権益には手を出さないと曲淵甲斐守が述べた。

「……………」

　早坂甚左が顔を伏せた。

「亨、亨」

　曲淵甲斐守が手を叩いた。

「お呼びで」

　襖が開いて見張りをしていた亨が顔を出した。

「もうよい。なかに入れ」

「はっ」

主君の指図に亨は応じた。

「亨、この早坂甚左をつけてやる。存分に使え」

曲淵甲斐守が早坂甚左を指さした。

「それは……」

内与力の下に隠密廻り同心がつくなど前例さえない。亨は戸惑った。

「下手人の捕縛に人手が要るであろう」

「それはたしかに」

斬り殺していいならまだしも、一人で下手人を捕まえ、殺さずに縄を掛けるのは相当な達者でも難しい。

「わかったならば、さっさと行ってこい。逃がしたなど許さぬぞ」

「はっ」

「…………」

曲淵甲斐守の命を二人は受けた。

三

寺社奉行小検使の伊藤と江坂は、北町奉行所まで押しかけるわけにもいかず、その姿を認めた吉原で待ち伏せしていた。

「下手人はきっと大門内にいるはずだ」

江坂は先夜の亨のようすから、そう推察していた。

「貴殿を信じよう」

伊藤も同意した。

吉原の大門を見張るには、その門前にある編み笠茶屋を使うのがなによりであった。吉原通いを他人に知られたくない身分ある者が、面体を隠すために借りる編み笠を貸し出すだけあって、編み笠茶屋は地に擦りそうなほど長い暖簾を掲げ、外からなかが窺えないようになっている。

伊藤と江坂は、五十間道に並んでいる編み笠茶屋の突き当たりに身を潜め、暖簾の隙間から外を見張っていた。

「しかし、つまらぬ役目よな。藩でも知られた我らが、町方のようなまねをせねばならぬとはの」

伊藤が愚痴をこぼした。

「いたしかたあるまい。我が殿がご老中へあがられるためには、必須の階梯《かいてい》だ、寺社奉行は。それを楽しみに耐えるしかあるまい」

江坂が宥めた。

譜代大名の家臣たちには、二つの大きな悩みがあった。

一つは、主君の領地が少ないため、家禄がさほどないことである。

彦根の井伊家を別格にすれば、譜代大名は多くて十万石、ほとんどが五万石内外しかない。外様大名が百万石だ、七十七万石だと大領を誇るのに対し、あまりに少ない。当然家臣たちの禄も外様大名に比すべくもなかった。外様大名の家臣には、万石をこえる家老などもいる。譜代大名では、家老でも千石は稀《まれ》なのだ。

譜代の家柄という矜持を持ちながらも、収入は少なく、まさに武士は食わねど高楊枝を地でいかざるを得ない。

二つ目が、誇りであった。

譜代の家臣、徳川の天下を作るのに血を流した家柄だと言ったところで陪臣である。どうしても旗本には遠慮しなければならない。一廉《ひとかど》の者ならばまだ我慢もできるが、徳川家の家臣であるというだけで、同心や黒鍬者などの武士身分とさえ言えぬ者たちにも頭を下げなければならないのは、かなり厳しい。

この二つの鬱屈を譜代大名の家臣たちは胸に秘めていた。

その鬱屈した感情を昇華させる。それこそ、主君の出世であった。幕府の執政たる老中は、その格で御三家を凌駕《りょうが》する。老中は百万石の加賀前田でさえ、その方と扇子の先で指さすことができる。その権威は家臣たちにも及ぶ。老中の家臣となれば、外様大名の家中はもとより、旗本たちでさえ遠慮する。下手をして、老中に告げ口されては、面倒なことになるからである。まさに虎の威を借る狐でしかないが、日頃抑えつけられている譜代大名の家臣たちにとっては、大きな価値を持っている。

さらに、老中には加増がつきものである。とくに領地が少ないほどその恩恵は大きかった。明文化されてはいないが、老中には五万石内外の譜代大名という慣例があった。そう、五万石に満たない場合は、その差額を加増してもらえる。もちろん、すべてではないが、数年の間に、大概の場合加増を受ける。うまくすれば、それ以上の加増もある。いや、加増だけではなく、転封《てんぽう》もあった。当たり前のことだが、老中を僻地や貧しい土地へ動かしはしない。表高は同じでも、実高ははるかに多い土地との交換、あるいは良好な港や、主要な街道の中継地点など、石高は増えなくとも実入りの多い領地に替えてもらえる。主家が裕福になれば、その余波は家臣にも及ぶ。加増が期待できるのだ。

この二点だけでも、家臣が主君の出世を望む理由たれた。

だが、そこに至るには利点だけでなく、欠点もある。出世するためには、要路への気遣いをしなければならず、その費用が藩政を圧迫する。そして、江坂や伊藤がこぼすように、思わぬ嫌な仕事をこなさなければならないことも多かった。

「あれは町方だな」

伊藤が、町方同心独特の黒巻き羽織を身につけた早坂甚左に気づいた。

「……来た。あの同心の後にいるのが、内与力だ」

江坂が亨を見つけた。

「同心を連れてきたということは……」

「下手人を捕縛するため」

二人の小検使が顔を見合わせ、うなずいた。

「大門から出てきたところで、下手人をいただこうではないか」

江坂が提案した。

「それが妙案だろうが、二人では厳しかろう。向こうは小者を二人連れて、四人いるぞ」

伊藤が懸念を表した。

「小者二人は無視できよう。下手人を逃がさぬよう押さえていなければならぬし、小者ていど、我ら武士には手出しできぬ」

江坂が大丈夫だと断じた。

「となると同数か。同数ならば、町方風情には負けぬな」

伊藤が自負を見せた。

「ただ、後々文句をつけられても困る。無理矢理町方の捕縛した下手人を奪ったのが、我らだと知られれば、殿にご迷惑がかかりかねぬ」

「ちょうどよいではないか。ここは編み笠茶屋ぞ。ここで編み笠を借り、面体を隠せば、なんの問題もない」

江坂が笑った。

「たしかにの」

伊藤も同意した。

金はあるのに、吉原へ足を踏み入れられない。その葛藤が歯止めを失った。貸座敷である揚屋の丹波屋へ入った男は、酒と肴を楽しみ、女を組み敷いて享楽にふけった。

「そろそろ家を見に行かねえとなあ」

精を放ち終え、弓月の上から転がり落ちた男が、残っていた酒を呷った。

「そうかい。あたしはもうちょっとここの酒を呑んでいたいねえ」

弓月が男から盃を奪った。

「まったく、このうわばみが。それもいいけどよ、さすがに仕出しが同じ味で、飽きてきたぜ」

吉原の揚屋は、自前で料理をしない店がほとんどであった。揚屋は客の注文に応じて、廓内にある仕出し屋へ出前を頼むのが普通である。

「家のことなら、卍屋の旦那にお願いしてあるから、大丈夫さね」

弓月が手を振った。

「でも、そんなに心配なら、訊いてこようか」

のろのろと気だるく弓月が起きあがった。

「任せらあ。おいらはちょいと寝る。おめえが貪欲だから、まともに眠ってねえからよ」

男が手を振った。

「寝かせないと最初に言ったのはそっちだろうに」

身形を整えて弓月が丹波屋を出た。

揚屋のある京町から、卍屋の江戸町までは近い。

「旦那」

弓月は裏口から、山本屋芳右衛門を呼び出した。

「あいつはどうしてる」

「やりつかれて、眠ってるでありんすえ」

弓月が廓言葉に戻った。

「ご苦労だね」

山本屋芳右衛門がねぎらった。

「で、ててさま。なにがあったので」

身請けのときの目配せの意味を弓月が問うた。

「あの男の金の出所が怪しいのでね」

「やっぱりそうでござんしたか」

弓月が納得した。

「おまえさんの馴染みだね」

「あいな。何度か」

「金はなさそうだねえ」

「心付けなんぞ、一度もいただいたことはありんせん」

弓月が苦笑した。

「おまえさんに傷が付いては困るから、その場で大門を出ないように合図したんだけど、どうやら功を奏したようだ」

山本屋芳右衛門が安堵の息を吐いた。

「あたいはいかがいたせば」

「捕り方が来たときに巻きこまれては大変だ。捕り方が打ちこむ前に、こちらから使いの者を出すから、さっさと逃げ出しておしまいなさい」

「それまでは……」

あの男と一緒にいなければならないのかと弓月が嫌そうな顔をした。

「我慢しておくれ。危ないと感じたら、逃げ出していいからね」

山本屋芳右衛門が弓月を宥めた。

「あい」

吉原の遊女はかなり客の暴力に遭っていた。客のなかには、金で買った以上なにをしてもいいという愚かな考えの者もおり、嫌がる遊女に無理な行為を強いて拒まれた結果、殴りつけるなどがままあった。

「丹波屋さんには、話を通してあるから」

そういったとき、遊女を救うのも揚屋の仕事であった。

大門を潜った亨と早坂甚左は、最初に会所へ顔を出した。

「邪魔をする」

「あっ、城見さま」

会所には太吉が当番でいた。

「報せを聞いた」

「へい」

太吉が首肯した。

「しばし、お待ちを。おい、きみがててをここへ」

同僚に三浦屋四郎右衛門を呼んでくるようにと太吉が依頼した。

「おう」

すぐに忘八が走っていった。

「城見さま、どうぞお掛けを」

会所のなかに設けられた床机を太吉が勧めた。

「甘えさせてもらおう」

亨は腰を下ろした。

「早坂さまもどうぞ」

さすがに町方の顔を知っている。太吉が早坂甚左にも座るようにと声をかけた。

「あ、ああ」

落ち着きを失った早坂甚左が、床机に軽く腰を掛けた。

「城見どの」

早坂甚左が小声で呼んだ。

「なにか」

「ずいぶんと忘八どもとお親しいようでござるが、吉原にはよくお見えでございまするか」

「いいや、大門内に入ったのは、今日で二度目でござる」

問われた亨は正直に答えた。

「二度目……」

早坂甚左が啞然とした。

「それがなにか」

重要なことかと亨が尋ねた。

「いえ」

小さく早坂甚左が首を横に振った。

「お待たせをいたしましてございまする」

小走りで三浦屋四郎右衛門が駆けつけてきた。

「世話になる」

立ちあがって亭は頭を下げた。

「いえ。それよりもお急ぎを願いまする」

「どうなされた」

急かす三浦屋四郎右衛門に、亭は理由を訊いた。

「下手人とおぼしき男と、卍屋の遊女が同衾《どうきん》いたしておりまして」

三浦屋四郎右衛門が告げた。

「それはいかぬな。ただちに参ろう。早坂どの」

「はっ」

早坂甚左も立ちあがった。

「周囲は卍屋とうちの忘八で固めてございまするが、あまり目立っては、かえって取り籠もりなどを起こしかねませず」

一緒に丹波屋へ急ぎながら、三浦屋四郎右衛門が述べた。

取り籠もりとは、客が遊女を人質にして、部屋や建物に籠もることだ。遊女のお陰で生きている吉原にとって、もっとも避けるべき事態であった。

「追い詰めるのはまずい」

捕り方としての経験が深い早坂甚左がうなずいた。

「女が離れたときに飛びこんで捕まえるのが一番よい」

早坂甚左が言った。

「そうそう都合よくはいくまい。臨機応変で参ろう」

最初から計画を立てていくのもよいが、相手は人である。こちらの思惑どおりに動いてくれるとは限らない。亨は、融通をきかせるべきだと告げた。

「わたくしもそのほうがよろしいかと」

三浦屋四郎右衛門が同意した。

「…………」

ふたたび早坂甚左が目を大きくした。

「そろそろ見えて参りまする。早坂さま、お羽織を」

三浦屋四郎右衛門が、早坂甚左に町奉行所同心の看板とも言うべき、黒の羽織を脱いでくれるようにと頼んだ。

「承知」

歩きながら早坂甚左が羽織を器用に脱いだ。

「あの二軒目の二階、二つ目の障子窓のところで」

はっきりと見えるようになったところで、太吉が指さした。

揚屋の客は、吉原名物の太夫道中を上から見下ろせるように、二階へ案内されることが多い。とくに居続けで金に糸目を付けないとなれば、揚屋は下にも置かぬもてなしをする。男が滞在しているところから、仲之町通りを見下ろせた。

「なるほど。それで町方の証である羽織を」

ようやく亨は理解した。

四

「邪魔をするよ」

丹波屋の暖簾を太吉が上へと掲げた。

「これは三浦屋さん」

すぐに丹波屋の旦那が応対に出てきた。

「こちらが北町の内与力、城見さま。あちらが同心の早坂さまだ」

「お出張りいただきありがとうございまする」

丹波屋の旦那が小腰をかがめた。

「どうなっている」

三浦屋四郎右衛門が男の様子を訊いた。

「朝からずっと酒浸りで。そろそろ一升をこえるはずで」

丹波屋の旦那があきれた。

「半分は弓月だな。となると、それほど酔っていないか」

三浦屋四郎右衛門が推測した。

「弓月を引き離したいのだが、呼び出してもだいじないか」

遊女を人質にされる失敗は避けたいと三浦屋四郎右衛門が、丹波屋に問うた。

「ことをすませたあとがよろしいかと。いつも弓月さんは、後始末に二階の厠《かわや》へと行かれますので」

様子をたしかめていた丹波屋が答えた。

「ちょ、ちょっと待ってくれ」

手はずの打ち合わせをしていると、早坂甚左が割って入った。

「なにか。ご指摘いただけることでも」

三浦屋四郎右衛門が訊いた。

「なぜ、吉原がそこまでする。吉原は町奉行所不介入が決まりであったはずだ。吉原が下手人を町奉行所へ直接引き渡した例もなかったろう」

早坂甚左が不審を露わにした。

吉原はやり得、やられ損の場所と言われてきた。大門内は、幕府の手も入らない場所であり、そこでなにがあっても誰も介入できなかった。実際、吉原で武家が町人から傷つけられても、何一つ応報はできない。また、吉原にお手配の咎人が入りこんでも、町奉行所は捕り方を派遣できなかった。

通常、吉原で咎人が見つかっても、大門内でなにもしなければ、そのまま放置する。万一、なかで馬鹿をしたときは、見世の忘八や会所の男衆が対応した。

「吉原で咎人が捕まることはない。そうだな」

「…………」

早坂甚左の確認に、三浦屋四郎右衛門は返答しなかった。

「それは、闇から闇へと葬られるからだ。大門内でなにかしでかした奴は、忘八によって殺され、素裸に剝かれて投げこみ寺へ捨てられる」

吉原で死んだ遊女、忘八に墓はない。投げこみ寺の境内に掘られた深い穴に、放りこまれ、上から土を掛けられる。つごうの悪い者も、同じ手立てで消されていた。投げこみ寺は、大門の外にある。当然、そうやって死体が始末されていることを、町方も知っていた。とはいえ、いなくなって好都合な悪人がほとんどのため、町奉行所も見ない振りをしている。

「とんでもございませぬ。吉原はいつも町奉行所さまを頼っておりまする。かなり前になりますが、取り籠もりがございましたおりには、町方のご出動をお願いしたこともございました」

三浦屋四郎右衛門が例を挙げて、否定した。

「ふん。何十年、いや、百年も前のことだろう。しかも取り籠もったのが、譜代大名の藩士で、藩主とも縁続きになる名門。さすがに吉原だけで片をつけるわけにはいかないと、町奉行所を巻きこんだだけではないか。それ以降一度も町方は、大門内に入れていない」

早坂甚左が反論した。

「最近は、お客さまも穏やかになられて、取り籠もり騒ぎがございませんので、町奉行所さまのお手を煩わせずともすんでおりますだけで。いざというときには、またお願いにあがりまする」

平然と三浦屋四郎右衛門が受け流した。

「……口で遊女屋の主に勝てはしねえな」

早坂甚左が嘆息した。

「さて、理由を聞かせてもらおうじゃねえか。たかが下手人一人のために、町方を呼び入れたのはなぜだ」

「町奉行所さまとの連携を強くするで、ご納得いただけませんか」

「そんなことで……」

三浦屋四郎右衛門が口にした理由を鼻先で笑いかけた早坂甚左が、途中で止まった。

「おいらではなく、城見さまを見ている……」

早坂甚左が、三浦屋四郎右衛門の瞳に映っているのは己ではないと気づいた。

「そういうことか」

老練な早坂甚左が三浦屋四郎右衛門の意図を読み取った。

「……………」

意味深げに三浦屋四郎右衛門がほほえんだ。

「話の腰を折ったな。続けてくれ」

早坂甚左が引いた。

「弓月さんが部屋を出たところで、わたくしどもの男衆が飛びかかりまする」

丹波屋が告げた。

「頼む」

亨は案を認めた。

「ところで、城見さま。一つお伺いしたいことが」

三浦屋四郎右衛門が、亨へ話を振った。

「なんでござろう」

「丹波屋への支払いと、弓月の身請け代金のことでございますが、いただいてよろしゅうございましょうか」

首をかしげた亨へ、三浦屋四郎右衛門が問いかけ、丹波屋が不安そうな目で見つめた。

「早坂どの」

実務経験の乏しい亨は、答えに困った。

「盗賊を捕まえたときと同じと考えればよろしゅうございましょう。捕まえるまでに支払いがすんでおるならば、問題はございませぬ」

早坂甚左が教えてくれた。

「そういうものなのでござるか」

「はい。でなければ、賊が盗んだ金で食べたものの代金まで、町奉行所が回収して回らなければならなくなりましょう。基本、相手が盗んだものと知らずに受け取った金は、町奉行所としても手出しできませぬ。もし、それまで取りあげるようになれば……」

「商売人が立ちゆきません。客一人一人の金の出所を確認することなどできませぬ。とくに吉原は、日に千人という来客がございますれば」

早坂甚左の説明を、三浦屋四郎右衛門が嚙み砕いてくれた。

「なるほど。かたじけない」

亨は礼を述べた。

「旦那、そろそろでござんす」

男と弓月のいる部屋に聞き耳を立てていた丹波屋の男衆が、合図をした。

「わかった。おい。丹波屋さんに傷を付けさせるなよ」

三浦屋四郎右衛門が、太吉にも行けと命じた。

「へい」

太吉がうなずいて、階段を音もなくあがっていった。

「旦那、あっしたちも」

早坂甚左が連れてきた御用聞きが、許可を求めた。

「ならねえ。ここは大門内だ。町方は手出しをするな」

「しかし……」

下手人を目の前にして、手柄を立てられないことに御用聞きが不満を口にした。

「がまんしろ。これは吉原から、町奉行さまへの貸しだ。そこに割りこむわけにはいかねえ」

しっかりと吉原の意図を読んだ早坂甚左が御用聞きを押さえた。

「…………」

その様子を三浦屋四郎右衛門が見ていた。

「厠へ……」

襖を開けて弓月が部屋を出た。

「おとなしくしやがれ」

入れ替わるように忘八たちが飛びこんだ。

「なんだなにを……」

情事の疲れで弛緩していた男は、なすすべもなく捕らえられた。

「客になにをしやがる」

両手両足を忘八に掴まれ、身動きできなくなった男が、唯一拘束されていない口で文句を言った。

「下手人を客にはできませんので」

丹波屋が男を見下ろした。

「……なにを」

「無駄ですよ。あなたが千両富の当たりを引いた男を殺し、金を奪った下手人だと、もう知れてますから」

二階へあがった三浦屋四郎右衛門が告げた。

「大門内は世間と違うはずだろう」

男が最後の抵抗をした。

「あいにく、吉原にも事情というものがございましてね」

三浦屋四郎右衛門が一言で終わらせた。

「下にお迎えが来てますよ。おい」

「へい」

忘八たちが男を後ろ手に縛り上げ、連れていった。

「丹波屋さん、立ち会いをお願いいたしまする」

男の荷物に手を掛ける前に、三浦屋四郎右衛門が言った。

「承りましてございまする」

丹波屋が受けた。

一瞬で騒動は終わった。下で待っている亨たちの耳には、男のわめき声しか届かなかった。

「見事でござるな」

亨は忘八たちの動きを称賛した。

「あれくらいできなければ、天下の悪所を維持などできませぬよ」

冷たく早坂甚左が口にした。

「…………」

亨は黙った。

早坂甚左は曲淵甲斐守に屈したとはいえ、町方の血が骨の髄まで染みついていた。町方が長く果たせなかった吉原との連携を、若い亨がなしとげたことへの反発を消し去れてはいなかった。

歳上で経験豊富な部下は、亨にとって御しがたい相手であった。

「お待たせをいたしましてございまする」

哀れにくくられた男を三浦屋四郎右衛門が連れて二階から降りてきた。

「彦六、受け取れ」

「へい」

早坂甚左の命で御用聞きが男の縄じりを受け取った。

「そしてこれが、男の所持しておりました金でございまする。諸々差し引いて十八両と二分、お受け取りを」

三浦屋四郎右衛門が、金を差し出した。

「たしかに受け取りましてござる」

責任者として亨が宣言した。

「かたじけのうござる」

続けて亨は頭を下げた。

「……いえ」

三浦屋四郎右衛門が、一拍の間を置いて応じた。

「では、我らはこれにて」

亭が引きあげを指示した。

「お見送りを」

大門まで供をすると三浦屋四郎右衛門が申し出た。

縄打たれた男が、町方に囲まれて仲之町通りを進む。物見高い江戸の庶民が、たちまち群がった。

「邪魔だ、道を空けな」

縄じりを持っていない御用聞きが、よく見ようと近づく群衆を手で払った。

「では、ここで」

三浦屋四郎右衛門が、大門の真下で足を止めた。

「お気を付けて」

「後日、あらためて礼に参る」

「………」

もう一度感謝の意を伝えた亭の横で、早坂甚左が不機嫌に沈黙していた。

「行くぞ」

早坂甚左が亭を差し置いて、御用聞きを促した。

「くっ……」

亨はなにも言えなかった。

編み笠茶屋で待機していた江坂と伊藤が、大門前の騒ぎに気づいた。

「すごい人だな。なんだ」

江坂が暖簾から顔を出して見つめた。

「縄打たれた男がいる。あれだ」

すぐに江坂が理解した。

「来たか」

伊藤が編み笠を被った。

「行き過ぎて、後から襲う」

江坂も編み笠をつけた。

「…………」

二人が潜んでいる編み笠茶屋の前を亨たちが過ぎた。

「……出るぞ」

五間（約九メートル）離れるのを待って、太刀を鞘《さや》走らせた江坂が暖簾を潜った。

「おお」

江坂に続いて、伊藤も太刀を抜いた。

この作品は書き下ろしです。

上田秀人「妾屋昼兵衛女帳面」シリーズ

第一巻
側室顛末

世継ぎなきはお家断絶。苛烈な幕法の存在は、妾屋なる稼業を生んだ。だが相続には陰謀と権力闘争がつきまとう。ゆえに妾屋は命の危機にさらされる。妾屋昼兵衛、大月新左衛門の死闘が始まった！

第二巻
拝領品次第

神君家康からの拝領品を狙った盗難事件が江戸で多発。裏には、将軍家斉の鬱屈に絡んだ陰謀が。嗤う妾と、仕掛ける黒幕。否応なく巻き込まれた昼兵衛と新左衛門は危難を振り払うことができるか？

第三巻
旦那背信

妾を巡る騒動で老中松平家と対立した昼兵衛は、新左衛門に用心棒を依頼する。その背後には、ある企みを持って二人を注視する黒幕の存在が。幕政の闇にのみ込まれた二人に、逃れる術はないのか？

第四巻
女城暗闘

将軍家斉の子を殺めたのは誰だ？　一体何のために？　それを探るべく、仙台藩主の元側室・菊川八重が決死の大奥入り。女の欲と嫉妬が渦巻く伏魔殿で八重は隠れた巨悪を炙り出すことができるか？

第五巻
寵姫裏表

大奥騒動、未だ落着せず。大奥で重宝され権力の闇の深みにはまる八重。老獪な林出羽守に搦め捕られていく昼兵衛と新左衛門。内と外で繰り広げられる壮絶な闘いが、ついに炙り出した黒幕は誰だ？

第六巻
遊郭狂奔

妾屋稼業に安息なし。昼兵衛と新左衛門は、八重を妾にせんとした老舗呉服屋の主をやり込めたことで恨みを買った。その執念は、ご免色里吉原にも飛び火。共に女で食う商売、潰し合うのは宿命か？

第七巻
色里攻防

妾屋を支配下に入れて復権を狙う吉原惣名主は悪鬼と化す。その猛攻に、昼兵衛と新左衛門、絶体絶命。八重の機転で林出羽守の後ろ盾を得たが、吉原は想像だにせぬ卑劣な計略を巡らせていた……。

第八巻
閨之陰謀

妾屋が命より大事にする帳面を奪わんとする輩が現れた。そこに書かれているのは、金と力を持つ男たちの情報。悪用すれば弱みにもなる。敵の狙いは一体？　その正体は？　妾屋昼兵衛最後の激闘！

幻冬舎時代小説文庫

●好評既刊
大名やくざ7
女が怒れば虎の牙
風野真知雄

参勤交代をすっぽかし、やくざとして江戸に留まる久留米藩主・虎之助。だが有力者連合から失脚を画策され、彼らの執念深さがついには将軍・綱吉の心を動かして……。痛快シリーズ第七弾!

●好評既刊
仇討ち東海道(二)
足留め箱根宿
小杉健治

父の無念を晴らす為に、東海道を急ぎ進む矢萩夏之介と従者の小弥太は峻険な箱根の山でおさんという素性の分からぬ女を助ける。しかもこの女、脛に疵持つ身のようで——。シリーズ第二弾。

●好評既刊
闇同心そぼろ
坂岡　真

北辰一刀流の凄腕を持つ八丁堀同心の猪山主水之介。切り捨て御免のお墨付きを持つ殺戮集団「五稜組」に転出を命じられ、阿片と大奥女中の売春がはびこる江戸の暗部をぶった斬る。

●好評既刊
公事宿事件書留帳二十一
虹の見えた日
澤田ふじ子

すわ菊太郎との別れ話かと気を回す鯉屋の面々にお信が相談したのは、娘が女だてらに公事師になりたがっていること。その申し出を源十郎は快諾するのだが……。シリーズ、待望の第二十一集!

●好評既刊
忍び音
鈴木英治

幼馴染み殺害の嫌疑をかけられた智之介。汚名をそそぐ為、真相を調べるうちに、武田家を揺るがす密約に辿りつく。一通の手紙で繋がった一介の武士と信長。誰も知らない長篠の戦いが幕を開ける。

町奉行内与力奮闘記《まちぶぎょううちよりきふんとうき》二

他人《たにん》の懐《ふところ》

上田秀人《うえだひでと》

平成28年3月15日　初版発行

発行人――石原正康
編集人――袖山満一子
発行所――株式会社幻冬舎
〒151-0051東京都渋谷区千駄ヶ谷4-9-7
電話　03(5411)6222(営業)
　　　03(5411)6211(編集)
　　振替00120-8-767643
印刷・製本―株式会社 光邦
装丁者――高橋雅之

幻冬舎時代小説文庫

ISBN978-4-344-42452-4　C0193　う-8-11

幻冬舎ホームページアドレス　http://www.gentosha.co.jp/
この本に関するご意見・ご感想をメールでお寄せいただく場合は、
comment@gentosha.co.jpまで。